微晕的树林

简媜 著

江苏凤凰文艺出版社

图书在版编目（CIP）数据

微晕的树林 / 简媜著. -- 南京：江苏凤凰文艺出版社, 2025.6. -- ISBN 978-7-5594-9544-0

Ⅰ. I267

中国国家版本馆CIP数据核字第2025R05A37号

著作权合同登记号：10-2025-5

本著作物经北京时代墨客文化传媒有限公司代理，由作者简媜授权在中国大陆独家出版、发行中文简体字版。

微晕的树林

简 媜 著

责任编辑	项雷达
总 策 划	刘 平
图书策划	王慧敏 大 仙
营销支持	卢 琛
封面设计	所以设计馆
责任印制	杨 丹
出版发行	江苏凤凰文艺出版社
	南京市中央路165号，邮编：210009
网 址	http://www.jswenyi.com
印 刷	北京中科印刷有限公司
开 本	787毫米×1092毫米 1/32
印 张	7.25
字 数	133千字
版 次	2025年6月第1版
印 次	2025年6月第1次印刷
书 号	ISBN 978-7-5594-9544-0
定 价	58.00元

江苏凤凰文艺版图书凡印刷、装订错误，可向出版社调换，联系电话025-83280257

目录

从东边出发
杂树

大气	003
关怀	005
性情中人	007
贵人	009
情绳	011
原乡	014
夜鸣	016
解语	018
心动就是美	023
逐渐消失的声音	025
独处	027
交缠	029
生活中的创造力	031

早觉	033
绿色信纸	035
最后一把	037
巴掌	039
聆听	041
情绪来了	043
小毛病	045
大师	049
要走的时候	051
标准答案	053
百宝箱	055
十二片柚叶	058
小管与鱼的伤心往事	060

一只萤火虫把夜给烧了	066
一札钱	069
寂然草	075
呷饭不忘饮泔时	080
记载一只笼子的形状	084
香皂与卫生纸	088
两床毛毯	094
编织的午后	097
追光者	101

北上
野鸟，从眼前飞过

雨神眷顾的平原	107
缝纫机	113
皇历名词	115
放牛吃草	121

西行
遇藤

行书	127
觅自己	129
京都之鸦	130
旅行短句	131
清晨的擎天岗	134

中途
乱石

荒野上的鹰	139
如此渴望	146

南下

雾中芒丛

舌苔	155
铅字小蛇	157
中古时期的蚂蚁	159
甜蜜牢房	161
隐身术	163
备战状态	165
以汗相赠	167
梦的废墟	169
梦的狼牙	177
宛如身在秋林	190
当我坐在峰顶岩石上	194
人到中年有点傻	198

后记 藏与不藏   203

重修小记   215

从东边出发　杂树

大 气

看到一个大气的人，好比行走于莽莽野草之地，忽然撞见一棵森茂大树，当下的喜悦，是带着感动的。不独在烈日之下找到一处凉荫，可以憩息；也在微风习习中，聆听了千叶万叶相互的交谈。

它导引人进入平安的心境，去分享栖息于树内的鸟啼或不知躲于何处的蝉嘶。树并不因为群鸟在此结巢而失去光华，也不会因孩童任意地采花摘果而枯萎，它仍是一棵大树，昂然而无憾地尽一棵树的责任，它使前来的生灵都不约而同地展现它们优美的一面。

大气的人也如此吧！

他甚少在公众场合振臂疾言他的理想、抱负，因为他知道过多的言论若不能落于实践，无疑是污蔑了自己。他也避免将别人的隐私当作茶余饭后可供谈兴的资料，以润滑个人的人际关系。

在竞逐名利、不择手段赢取利益的社会风潮里，他总有分寸，懂得替前人后辈留一席空间。他深知人之一生不应只是一场征伐的过程，而是淬炼自己精神人格的唯一机会。当他思索生命，常常放在时代的转盘里拟定前路，他乐于将一生耕耘的成果与众人分享，作为对人世的报答。

一个大气的人，也是一个稳若泰山的人，不必夸耀其臂膀雄厚，自然生出令人向往的信任感，犹如众鸟归巢。他不曾提起显赫家世，以引起他人艳羡，也不必提清苦门楣，变相夸耀自己奋斗的能耐。

他只是他，无从得知他的靠山在哪里，犹如地面的人不得测知地底根柢。对大树而言，靠山就在它的磐根，大气的人亦如此吧！

大气的人也是平凡人身，自有七情六欲的缠缚，但他多了一层自省沉思的工夫，懂得返回内在的明镜灵台，拔除人性中粗糙的成分。他愿意独自与生命的纯真本质对谈，把一生当作对它的盟誓。

关 怀

作为一个人，永远无法独立于人世之外，这是生命的任务。

我们进驻于形色各异的肉体，犹如在旷野上搭起百千万亿个营帐。春日的太阳无私地纺织每个帐包，用绿绣线打了三两只蝴蝶；秋月带着微笑，让酣睡的人梦见早霜。

如果漫长的一生，只用来擦拭自己的名号，人世也就孤单了。我们的肉体是一管奥妙的乐器；两朵耳，为了采集雄浑的古谣，两颗眼，测量美丽的海域，而作为发声的嘴，乃为了播送欢娱福音，抚慰那些暂时倾倒的营帐、忽然断弦的乐器。当我们愿意用一颗关怀的心拨动自己的乐器，音符所能到达的地方，比翅膀更远。

作为旷夜里百千万亿个营帐之一，我们无法永远占领方寸草地，也不能自私酣眠，罔顾附近营帐传来悲哀的歌吟。关怀的心使我们虽在宁谧春夜，也会为盛夏雷雨提早失眠。

不仅为了保护自己的帐，亦悬挂同在旷野的人们。

我们对人世有一个天真的梦，希望有朝一日，众乐齐响，清扬的曲子随风飘荡，融化银白的雪峰，润泽柔嫩的草茵。我们就这样弹奏下去，忘了疲倦，让流浪者回到家乡的树荫，绝望的兽跑回原野放歌。

我们用同样的曲子迎接诞生，接受死亡。

当这个梦占据耳朵，听到的声音更浑厚；它镶嵌眼眶，看到的美丽更辽阔；当梦膏了唇，我们发出大音。

从关怀的心开始，永远无法独立于人世之外，我们欢心领受生命的任务，忘了疲倦。

性 情 中 人

那是一件多可怕的事，如果一大早出门，发现每个人的表情都一样，谈话内容、声调、姿态如出一辙，大家都是模子印出来的人，那活着还有什么趣味？

我想，人生这座舞台还值得观摩，有一部分吸引力来自人的演出。每个人都有一本唱词，时而悲调、时而乐歌。有人在角落饮泣，同时有人在另一隅欢唱；世界不会同时喧腾，也不会同时绝望。忧伤的人虽然悲凄难忍，但闷头一想，还好只有我在哭，别人尽情吟诵他们的喜，我尽力演出我的悲，风雨与晴朗同台。也许，每个人手中的唱本都大同小异，可是时空不同、性情迥异，我的低调在别人口中变成悠扬，也是可以理解的了。

先天遗传与后天环境的确初步决定了一个人的人格与性情走向，然而，同等成长环境的孪生兄弟有时也出现南辕北辙的发展，这又牵涉到教育与经历不断累积而进行融合的变化过程，血缘的决定因素渐渐淡化。

因此，当我们指称某人是性情中人时，必定包括了对他人格风范、性情基调以及生命态度的赞美。他善于编理通过他身上的每一次变动，提炼加之于他的每一次考验，逐渐建立自己的人生哲学，在日趋僵化的都会面目中，释放独特的悲情与欢娱。

这种人有一共同特色，就是任真而不任性，直率而非轻率。他既能尊重群体组织，又能适切地散发个人情调；与其说他情感丰富，不如说以理智渠道放纵情感波涛。

当然，跟这种人做朋友，有时也挺麻烦的。他送给你的生日礼物标价高得令人咋舌，害你感动得快哭出来了，赶快回请他吃大餐，他剔着牙签慢悠悠地说："其实两百元的礼物不值得你这么破费。"

"啊，不是两千元吗？"

"不，我嫌它便宜，自个儿添了个零。"

贵 人

紫微斗数、命相卦理都提到"贵人",但没提他长什么样子。

这么说,男女老幼、贫富贵贱都可能成为"贵人"。有心两肋插刀或无意之间行举手之劳的人也可能成为我们生命中忽然出现的助缘。那么,每个人都具有"贵人"双重身份,被资助或莫名其妙地成为他人的吉星。

我喜欢这样的人际关系。它意味着我们不可势利地对周遭人物分级,因为被你列为劣级的某个人可能会在未来的某件事中发挥作用,甚至扭转颓势。虽然未来的故事谁也不能推测,但预先心存感激应是好事。实言之,人生一场,帝王将相不比我高贵,贩夫走卒也不比我卑微。人,就人性的深层结构而言,一律平等,不同的只是外相,一袭黄袍或蓝缕布衣之别。黄袍之身,可能比别人多了优渥环境与机运;流落街头的,也是人,流落并非他生来愿意如此。

但是非常明显地，带着功利色彩的社会价值体系已经替芸芸众生分等级，像果农替水梨分级一样，从面貌、穿着、配饰、名片、居所、学习经历……划分"特优""优""中级""劣质"，价钱当然相差悬殊。我们从小熟练比大小、比高低、比长短的游戏，然后很聪明地用这套度量衡划分人，也被人划分，这已成为我们在现代社会中的求生守则之一。然而，任何一种度量衡如果离人的"悲悯天性"愈来愈远，绝对不是最好的。

那些固执地握着功利价值尺寸的人，有时我替他们惋惜，他们仰赖了不可仰赖的却不自知。手掌中的荣华富贵自有其方向，功名利禄从十方而来亦将向十方散去，拥有的只是"短暂片刻"。明白这一点，当荣华富贵凝聚在身上时，自会急如星火地布施出去，世间的功德，打比方说，拥有一碗水时解他人之渴与拥有一池水却独泳其中，哪个大呢？富而不知"种福"是真的贫，贫而"种福"才是富贵吧！

所谓有贵人相助，我想是因缘于我们在日常生活中施行了对人的诚恳与尊重，才替自己种下将有贵人相助的可能。如同种树，曾经下苗，将来绿树成荫。

贵人，指自己。

情 绳

像一条柔韧的绳子，情这个字，不知勒痛多少人的心肉。

又像深山崖壁的一处泉眼，在某一场丰沛雷雨之后，山内的树、湖床、石渠与崖壁仿佛受了感动，竟互相对应起来；雷雨在几天前停了，雨水却沿着这条对应的小路，淙淙地从泉眼流出。一切生动起来，有了滋润的活力，耐冷的翠苔与露宿的花草，纷纷在渠道的两岸落脚，装扮了深山一隅，也义无反顾地往平原的人世行去。

我们有了情，意味着参与人世的开始。情，需要相互共鸣、呼应，才能更雄壮。一个幽禁在孤独花园里的人，他固然有情却无法实践情，他的歌吟缺乏回声，哀歌听不到响应，情，恰好掘成一口井，渐渐自埋了。

有情虽然可喜，但必须会用。水能载舟也能覆舟，绳能救起溺水者，也能绕颈取人性命。当我们用情，常预期别人应给予同等重量的回报。给爱，得爱；布义，得义。如果收受的双方能共同实践情字所蕴含的精神，那是世上殊缘。但更多时候世事无法圆满。给予太重却无法回收，或意不在此，他人又源源用情，造成两难。若是前者，用情的人体会他人无法回应的艰难，行于所当行、止于所当止，或可免除怨怼；后者，亦是如此。用情而不知进退、节制，反而带给自己及对方苦恼，则属滥情了。

世间儿女私情，常在不知善用的情况下不断粉碎，衍生怨恨：一条情绳打了死结，有时毁了别人，有时勒死自己。就算侥幸活下来，胸中的死结却解不了，转而恨这人世，为何独独给他苦头吃！其实，每人手中的情绳都代表着试炼的开始，我未曾听闻滚滚红尘里有人不为情苦、情困的，我们若执念于"苦"字，则不能渐形体会情绳要带我们往人格淬炼的旅程去，通过一道道结、一次次解，绳更坚韧、绵长。则此时的绳是前绳又非前绳，若灯下检视其来龙去脉，会发现过往那一道道痛不欲生的伤心事都已编入绳的肌理，坚强了它、延长了它。那么，我们应该合掌感恩昔日情厄，它们成就了这条大绳。

常听人议论，宗教里的修行者"无情"，其实，浩瀚人世哪只有儿女私情一桩呢？修行者不仅有情，而且多情；不仅多情，更懂得用情。一般带发彩衣的人，也不能走避这条修行路。毕竟，情必须埋入现实的泥土里萌发、结果，那丰美多汁的果子合该与众人分享。

若我们在静夜里,闭目冥思,欢喜自己手上拥有难能可贵的情绳,那么天明之后,不妨带它到荒凉山崖,一手一结编起来,把自己编成一座绳桥。

原 乡

每个人心中总有一块土地，是他终生溯洄以求的。称它是故乡也好，是梦土也罢，这条归乡路不是长夜漫漫、更行更远，就是在地图上根本找不到名字，只是脑海里一处花卉争艳的安静小镇。人的尊贵与悲哀，都在寻求的过程里一再迭唱。

战争与动乱逼得大批人民逐水草而居，这是生不逢时，不可抗逆。然而，即使是太平盛世，生命一旦进入萌芽阶段，年轻孩子动不动就要挥别乡土。社会是一个有机复合体，自然会出现富裕与贫穷、文明与原始等差异；人向往富裕与文明，也是这复合体运作之下的结果。它需要不断地有新血带给它活力，也不断地改变这些人的面目。年轻人只要十多年时间，不难在荣华之都建立一个家，挣得一席社会地位。然而，这也注定他永远回不了父母的家。哪怕台北到花莲随时有列车来回，台东到兰屿也有小飞机，可是，除了一年几次探亲，回得去吗？

另一种乡，却是无亲可探的，甚至不曾见过。它只是一处魂牵梦系之地，连地名都还没有取。到底哪里像"祇树给孤独园"呢，还是迦南美地？像夹岸桃花数百里的桃花源呢，还是充满笙歌与醇酒的奥林帕斯山？连自己也不知道。宗教与文学不断营造梦土吸引人的灵魂，可是现实社会又不断以柴米油盐拉扯人的肉身，现世乡梓已经很难回得去了，心中的梦土又风雨飘摇。无怪乎人愈老，叹息的时候愈多，也只有愈老，才知道不能解的情结比唾手可得的快乐还长。

回不去的原乡当然不是美事，美的是把人生当成半途。

夜 鸣

入了夜，莫名的声音在耳边回旋。

不止一种，有的近在咫尺，有的仿佛从远处溪畔发出，拿我的耳朵当回音谷。近的是风吹动树叶，枝叶反拍窗户，还夹带一只巡逻中的蚊子；远的大约是数种不知名虫子齐声合鸣，一阵蛙、一阵蝉，再来就超乎我的理解了。

格列佛漂流到陌生国度，醒时发现数不清的小人儿爬到身上牵绳打结，此时的我闭眼养睡，也觉得夜声像无数身手矫捷的小人儿，拖出最好的绳子绑我；仿佛怕我入睡后耽溺于绚丽梦境，不愿再回到世间来。眼闭着，心却清澈见底，竟有着不染尘埃的平静，随着忽远忽近、时而喧哗时而低吟的声音起伏着，渐渐忘却所隶属的时间、空间，慢慢模糊了自己是一个平凡人的意识——很多细微滋味是在忘记自己是个人的时候才感受得到。夜鸣，乃季节的喉咙，抚慰着被世事折腾过度的灵魂。

在白昼，我们也常用声音安慰他人——当然，有时反而助长对方的骚动。比起夜声，人的声音太喧嚣了，七嘴八舌争着发言，愈说愈激烈，分不清谁是倾诉者、谁在聆听。甚至言说之后，惹得心情更低靡、情绪坠落谷底；这是因为人的交谈惯性常为了围堵出明确的人事情节，而逐步缩小范围，甚至钻入牛角尖的缘故。不像自然界声音，一阵微风、一粒果子坠地、雨滴弹奏溪流或一只不眠晚蝉朗诵星夜，都令听者得到舒放的自由，不知不觉往辽阔的远方冥游——仿佛墙壁消失了，屋宇不存在，喧嚣的世事从未发生，人只是自然界的一块回音石，在夜声中闪闪发光。

天亮时，众声沉默。虫子们噤声了，大概它们知道，再宽广的音域也比不上人的一张嘴吧！

解　语

据说，常对身旁的植物说点好话，或以欢娱的心情投以微笑，它便长得茂盛；若天天怒气款待，家里又三天两头掼碟子、哭闹不宁，再好养的植物也会痛不欲生，无缘无故死了。

这种说法灵不灵，有待查证，却也不无几分道理。人与自然、四季，本就有"亲密的联系"，在季节默默地推移中，人与万物也默默地互动着。遇壮丽山川，则胸襟辽阔；邂逅一条溪流，难免哼一曲古谣，陪它散步；看到山野里开了红茶花，好像一棵"囍"树，也会逢人就讲，多年后，在记忆的转角想起来，禁不住再称赞一回，仿佛那树一直如此，茶花开了也不会谢。

人既然多情，植物焉会不知？捧一株盆树或藤蔓回家养着，光线、空气、水分、泥土的改变使它知道换了新家，它在努力适应新环境之时，也慢慢学会辨识新主人的脾气。"三天浇一次水，不必太多，搁在窗口附近，亮一点的地方。"

花市卖树的人交代，这番话意味着树以这种情境认识主人，如果买主想要继续保有它的茂盛（买主一定买茂盛的树），最好提供这样的情境。但，每个人都有自个儿的法子，卖树人的叮咛不一定做得到；也许自家窗口很暗，干脆摆阳台让它亮个够；也许新树得人缘，家中老小猛给它水喝；更糟的，也有花了钱忘了树的，从此不管它死活。凡是这些脾气的都是恶主，可怜的树，要不就是晒死、淹死，要不就是渴死。如果主人设身处地想想，被强迫一天灌一加仑[1]水或个把月没水喝的滋味，大约不敢再草菅"树"命了。

有时，虽然极力模仿旧主的习惯，树也会发脾气；也许它与旧主情深，对老环境有了爱恋，不愿舍离吧！

多年前，妹妹买了吊盆的斑叶椒草，挂在租来的套房窗口，才个把月，茎叶纷纷抽长、挺立，像一群稚童趴在窗台窃窃私语。我去找她，一进门即被那朵绿云吸住心神，当场掏出一千元，打算带走它（原价不过一百五）。她不给，说："你可以去买六盆嘛，我带你去！"两人进了那家小店，没看到椒草。我想，做大姐的与妹妹夺爱，实在有失体统，也就忍痛回家。

不久，学校放暑假，她回台北。我提醒她："两个月不

---

[1] 加仑：体积单位，英文全称gallon，分为英制加仑和美制加仑，1英制加仑约等于4.55升，1美制加仑约等于3.79升。（编者注）

浇水，它必死。"她答："我把它放在盥洗室，用大脸盆装水泡着！""那不暗死也泡烂了！""不会，它若要跟我，就不会死！"一副宿命论模样。凑巧，一个月后，我必须到台中办事，妹妹像条哈巴狗涎着舌头哀求："帮我去浇水好不好？"我能说不吗？从台中市摸去东海别墅，替一盆椒草喂水，大热天的当然麻烦。但我揣着钥匙还是去了，不全是看妹妹面上，想想椒草干死的样子也狠不下这颗心。

倒是去对了，脸盆干成一团水垢，椒草恹恹地垂下，有些根茎干黑了。如果以前像快乐的小儿，现在就是灾变后的饥童。我摘去叶尸，重新整出样子，痛痛快快地叉开手指扬水让它解渴，末了亦如法炮制，存一脸盆水备着。

开学后，她挂电话来报告椒草健康状况："当然还活着，而且像疯了，长得满满的……""大概看到你，乐歪了吧！"我酸酸地说。

后来，妹妹毕业返家与我同住。我吩咐她，棉被、书册、桌椅务必托货运，空出两手捧那盆宝贝椒草回来。

一年不见，它像一队负剑少年，叶叶精神，枝枝俊秀。我择个相仿的地方，挂在客厅，每天擒着喷水瓶为它沐浴，有时用棉花棒挼一挼叶片上的灰尘。它也的确擎住整座客厅，远远望去，如一团流动的翡翠光。

然而，从妹妹回台中办理琐事次日起，七天工夫，好端端一盆椒草全死了。

我至今不明白那种死法。再难受的断水暑假它都熬了，我待它亦不薄，水分、阳光也拿捏了，连土都不敢乍然换掉，有什么理由全部断根自尽。妹妹回来，看到空盆知道出事儿了。"跟你八字不合？"也许，它认她的声音、气味与身上发出的温度吧！什么人呵护的植物，它就认谁当主人，植物也重情重义的。

我手植的一盆荷兰种常春藤，用小竹篓框着。半年多，即从篓内垂下三五条长藤，像马拉松接力赛选手，几天不当心，又跑出几条人影来，藤蔓几乎垂到地板，修了几次，仍然精力充沛。

妹妹拿到三楼卧房挂着。我既然坏了她的宝贝，割爱一下也是应该的。半月不到，被养死了。追究起来，三楼温度高固然是原因之一，但以前也移过几回，何以当时可以现在不行？这就不是人能懂的事儿了。

"乌鸦手哦！"我骂她。"你才凶手咧！"她骂回来。自从摸得几分植物脾气之后，对天地间种种多情有了肃敬之心；对于那些光会搜购绿树、灿花却不肯用心去宠的人，也惋惜起来。前人讲"花能解语还多事"，其实话骨头里满是疼惜的情意，好比在朋友面前说自个儿小孩："小聪明罢了，大未必佳，大未必佳！"愈贬愈露了得意。漫长的书斋生涯，成天钻入字堆里披沙拣金，筛得几块晶亮的道理，拿到外头世界一摊，又不值几文尊重了。陪伴我的是一盆黄金葛，原本钉在墙壁中间，看它的卷茎快卷走桌上的笔了，干脆钉到最高点。偶有隔夜冷茶，人得站在桌上才能请它喝几口。低头伏案，我也不问它的长短。忽然有一天，发现它已来到我的肩头，仿佛几片手掌往我肩上齐拍，掌内有一股情义。

而它什么话也没说。

心 动 就 是 美

我想，美大概是指某种运动状态之中激进出来的特殊心情吧。客观实体的存在诚属必然，但有时它以隐蔽、暗示的方式出现。最重要的是我们的主体运作，将自己的生命全然投入运动场内，遂能因目睹画卷而神游山河，因歌声而遥想昔日缱绻。客体仍是客体，不会消长盈缺，美的是运动之后的自己。

同样地，箪食瓢饮不美，美的是居陋巷不改其乐的人；竹篁短篱不美，美的是采菊东篱下的人。在我们夜眠不过数尺、日食不过三顿的现实生活中，日渐繁复精致的物质有时可以引起一声惊呼，但总是瞬间即灭。对设计者而言，可能透过创造的过程掌握到美；对销售者而言，可能经由贩卖过程因拥有再运用的资金而油然心喜；可是，对拥有它的消费者而言，透过交易行为而得到的物品能在我们的生活中引发多长的惊呼、激出多重的美丽，就很值得玩味了。

因此，一方面我们必须体认置身于现代消费社会，有些游戏规则非我们能推翻；另一方面则必须觉悟，要使生命酣畅美丽，首先得跳脱这个游戏范围，把心释放出来才有可能。

我们回不去那个古老时代；浸糯米、推石磨、蒸粿、染朱砂、揉粿团、包豆沙馅、用粿模印出红龟粿，在祭祀诸神、祖宗之后慢慢咀嚼粿香，觉得天上众神与祖宗的灵魂和我如此亲近，甚至同吃一块红龟粿。那种经由劳动创造出来与天地万有贴近的美，绝不是花一百元到市场买几个粿所能享有的。

因此，当我们惊觉已失去过多，试图借着搜集乡下老瓮、绍兴酒坛、石凿猪槽、木制粿印、粗坯陶碗……希望引发一点魂牵梦系的温暖之余，也应该从眼前生活出发，建立自己的法则，一种使布衣与名牌同等美丽的生活美学。

逐渐消失的声音

"你早哇,吃饱没?"这种对陌生人最寻常的招呼声已不存在了。如果,生活中某一类语言的使用频率可以作为鉴定人际亲疏的方法之一的话,那么,招呼用语减少,意味着人的基础关系已经转变。人与人之间的对话当然还是需要的,可是一开口就是商业语言、办公室语言、政治语言。

如果你也观察过,会发现愈是规划完整、分类清楚、标榜现代化经营的民生场所,愈不需要开口讲话;所有可能发生的询问都被标示清楚了,你连开口的机会都没有。你一定逛过超级市场或大卖场,不管停留多久,一句话都不必说就可以完成购物、结账。因此,台北街道老是保持悒郁表情,我们要充分谅解。

某日,我坐小型公交车上山散步,一位六十多岁老伯一上车就对每个人微笑、问好,着实令我惊讶。下车前他突然对我说:"我就住在那里,有空来喝茶!"引起我的好奇,几天之后，我真的去了。

他家朴实无华，夫妻俩守着茶园，三代种茶逾百年。买茶卖茶不重要，主客闲话古厝新宅、儿子媳妇孙子家常事。"清明之后采茶，有空你来看看。"他说。

他让我感动，一位老者的智慧，从土地与茶园劳动中浸润出来的善意，一种天宽地阔的情怀。

说不定有一天，这种情怀能在我们蜗居的城市复苏，料想那必定更美好吧！

独 处

在花事荼蘼的人生市街，敢于独自走入无人幽径的人，最能品味独处之美。虽然，红杏枝头春意闹，一直是人所向往的风景，但我愿意说，青萝拂行衣更能涌生感叹！

独处，为了重新勘察距离，使自己与人情世事、锱铢生计及逝日苦多的生命悄悄地对谈。

独处的时候，可怜身是眼中人，过往的人生故事一幕幕地放给自己看，挚爱过的、挣扎过的、怨恨过的情节，都可以追溯其必然。不管我们喜不喜欢那些结局，也不管我们曾经为那些故事付出多少徒然的心血，重要的是，它们的的确确是生命史册里的篇章，应该毫不羞愧、毫不逃避地予以收藏——在记忆的地下室，让它们一一陈列着，一一守口如瓶。

独处，也是一种短暂的自我放逐，不是真的为了摒弃什么，也许只是在一盏茶时间，回到童年某一刻，再次欢喜；也许在一段路的行进中，揣测自己的未来；也许在独自进餐时，居然对自己小小地审判着；也许，什么事也想不起来，只有一片空白，安安静静地若有所悟。

如果，你的妻子、丈夫、孩子或情侣，在一个风雨交加的夜晚，忽然拿一把伞要出门而又无法交代去哪里，你就让他去吧。因为，和再亲密的人的谈笑风生，也无法取代独处时不为人知的咏叹！

交　缠

如果你跟我一样，常对林野之间交缠的草树感到好奇的话，你一定能体会，交缠的背后隐藏着一份不排除异己的深情。不管是女萝附松、葛生蒙楚，还是芒草丛里的朝颜花、棕榈树上的薜荔草，甚至是紧紧合抱的两棵榕树，无不以相偕而行的姿态，向人吐露刚与柔、主与客是可以交缠，可以共同成就人们眼中的美。

观照人事，亦然。在我们工作经验中总会出现几个异类，以极强的活动力争取个人利益或成就，其居心或许为你所不齿，其坚忍卓绝的精神又不得不令你叹服。实言之，人都必须为自己的存活争一席之地，在他努力的过程中，如果也助益了整体工作的完成，他存在的价值并不比光说理想不埋头苦干的人低。交缠的意义，是在自己安身之后，犹能以更大的胸襟给对方留一点余地；就像芒丛与朝颜花经过抗衡之后缠绕出整体之美，朝颜花依然保有它的春荣，芒草丛亦有其秋瑟，两相平安。

在情感上，常常也有莫名其妙的交缠渴望，习惯独卧的人忽然被记忆中的气息唤醒，挟着枕头推开母亲房门，想跟妈妈躺一会儿，只是母亲已瘦小得无法再用臂弯拥抱你；或者，某个下午，调皮的小男孩带着漫画书到你的书房里阅读，打了个呵欠后恳求着："我们睡午觉好不好？"他温热的小身体躲进你的臂弯居然发出小小的鼾声。如果此刻你睡不着也不打紧，因为林野上合抱的两棵榕树也是一睡一醒的。

生活中的创造力

生活中看似无用的剩余材料,有时经过巧妙的组合竟能转变成另一种新颖物品——单独地看,这物品仍能保存旧材料的个别优点,总体地说,又能融合个别优点整合成一独特、完整的新奇之物。当然,最重要的是,创造者必须对个别材料的功能具有深刻认识,并发现此一材料再利用的潜力,在经验的累积过程中不断地进行分类、排比、整合,而后求出最完美的组成方式。

我想起一位勤劳的乡下妇人,任何不起眼的东西在她手上总能改头换面。她所有的常识来自劳动与生活,因此所再创的东西也无一不应用于生活或更助于她的劳动。她利用台风过后折断的竹竿,锯成数截,以柴刀将一端劈成细丝,变成实用的洗锅刷子分赠邻居;她上山打工采水果,常载回一捆芒草,抖絮之后晒干,编成长短不同的扫帚——拂神案供桌的、扫地的、牵屋内蜘蛛丝的;扫庭院时看到几根弯铁钉,抓个石头敲直,钉在晾衣架上搁竹竿;装沥青的方铁桶被她对角一裁,弯成两只畚箕;耳朵痒了,随手按只母鸡抽一根细鸡毛修个边,弯成很管用的耳搔子;给孩子做衣服的剩布头、成衣厂不要的废布,她统统要,按质料分类,又依照花色、尺寸进行拼图,车成非常漂亮的百衲被,冬天盖的、夏天盖的都有。

有一天,她的孩子因为一双白布鞋忘了洗而当天早晨又得仪容检查,她在孩子还没哭出来之前,拿一块挽面用白粉涂在鞋面,用洗衣刷轻轻刷匀,染白的布鞋好像刚洗过一样,孩子高高兴兴上学了,她也省下一顿斥骂痛责;家里没熨斗,她教女儿们将百褶裙放在竹席底下,利用睡觉时身体的重量把裙子褶线熨出来。创造力与解决问题的能力竟是一体之两面。

我不知道谁教她这些,但我确定她已从现实生活杂乱、分裂的事物上实现了独具一格的创造能力。这一套不断运动、衍生的能力同样运用在人际关系上,使她透过各种角色扮演吸引周围的人形成亲密、和谐的团体。她美极!

如果一头牛从众人面前走过,有人看到皮鞋、有人嗅到牛肉香、有人想起牛奶,我想,她除了看到这些之外,还看到一群活泼的小牛犊。

早 觉

如果每一社会均以"年轻阶层"作为生产消费的主导方向是一事实,那么对那座小山头而言,那里呈现的是老人社群的特殊风貌。

我相信布置那座小山不是一个人能完成的。隐于相思林径之后,突然出现一座小型运动场;有破渔网隔成的羽球场、废木材搭的摇船、破藤椅在两树之间变成秋千、樟树荫下一排旧沙发可供休息、无门小棚内家具安置井然,床、煤气台、熏黑的大茶壶齐备,我相信这些都是捐赠者家里淘汰的。

据说每天凌晨三点至六点是他们的聚会时刻——来自各社区的老人们,年龄约五十到八十岁之间(有一位老者,由媳妇推轮椅上来,不下雨的话),他们说各地乡音,客家、闽南语或夹着日语。他们的衣着五花八门,从老式布袄绣鞋、梳髻到全身阿迪达斯运动服、慢跑鞋、米粉烫。谈话内容从国家大事、股市行情、餐馆名肴、大陆探亲到你有几个孙子、白莲蕉头炖猪肠对你媳妇真正有好哦！他们每人都有一长串不同的故事，共同的遭遇是：老了，常常收到养老院或灵骨塔的打折宣传单。

逢到过年，树干上还贴着不知谁写的红纸墨字春联，被雨淋湿的残纸依稀可见"哈哈"二字——也许是某一个老人的绰号，或是这一群体的共称，或仅是口头禅："哈哈，您老还在！"

在我们的社会还未出现为老人规划的购物街、餐馆、杂志、电影院、医疗诊所……时，这座小山所焕发的余温，令终有一天会变成老人的年轻人不忍卒睹。

绿 色 信 纸

朋友整理行囊时，把我喊去。"你喜欢的，全拿去，其他的我留给房客。不过，这棵黄金葛，你一定要帮忙养下去。结婚时，我们两把老骨头逛断了腿才看中意的……"因为先生工作外调，她不得不远赴重洋，在机场哭肿了眼的模样，忽然已是两年前某个秋天的记忆了。

他们在黄昏年岁找到第二春，却第一次尝到恋爱的甜蜜。我了解那棵攀在蛇木上的黄金葛，站在卧房窗台下，曾是他们清晨醒来时发现躺在身边是自己心爱的人的见证。虽然夫妇相随，但异国毕竟不是自己的家，与他们心有灵犀的黄金葛又添了忧伤的绿意。

我带着它居无定所，它是我多次迁徙中唯一跟随的植物。世上既然有痴情的她托孤一棵小树，就会有痴情的我认养不会讲话的绿。经过几次搬运，原本茂盛的肥叶都恹了。曾经搁在办公室门口，一位同事剪了几枝长藤养在水瓶放在桌上，我发现时心里很自责，仿佛受托的小孩被陌生人砍断手脚。趁下班无人，慢慢将它拖回自己座位旁，喝剩的冷茶，喂它几口。写给朋友的信，仍然说谎："它很好，放心，绿得不得了！"

终于到了所有叶子都瘦黄的地步，植物也会认人的，保姆与亲娘给的阳光、清水分量不同。把坏叶全摘掉，只剩一根黑柱子攀着本藤。没关系，只要根藤活着，它总会绿出来。我把它搬到新家，也搁在卧室窗台下，说不定它不爱上班。

不久，它以惊人的速度烧出一把绿火，我也习惯每天从棉被弓出来时，先用绿叶揉眼睛。写给朋友的信纸是真的绿色，请她回来度假探亲。如果，她看了宝贝发出疑问："怎么都没长？跟原来一样！"我打算这样回答："因为你从来没有离开它。"

最后一把

像我这种依照"感觉"选购日常用品的人，天生就不是贤明的家庭主妇。毕竟，感觉与事实差距太大，尤其置身于五花八门的货物摊，感觉的触须犹如一条兴奋的八爪鱼，荷包里的硬币、钞票也蠢蠢欲动。结果常常是这样的，明明上街买一条长裤，却买了裙子；明明上市场只买一斤鸡蛋就够了，却买了鸡鸭鱼肉、蔬菜鲜花水果、仙草爱玉粉圆养乐多，独独没买鸡蛋。

我原以为自己是购物狂，仔细一想，症状不符，购物狂不会漏了该买的东西。现在，我很确定不是狂字辈人物，只不过有点过动而已。

虽然上街之前痛下决心，把该买的东西写在纸片上，却依然知错犯错。原因在于感觉的活动力太强，永远可以找到一千个理由支持自己继续过动下去而且乐此不疲。所以，不爱吃胡萝卜的人可以因为它红得鲜艳欲滴而禁不起诱惑；既然买了红的，白萝卜又雪滑透亮，不如配成双；这个菠菜嘛，瞧它真像一只红嘴绿鹦鹉，买了买了！地瓜篓子里正巧有一枚长得像一头野牛，养在水盘里若冒芽叶就是尾巴啰，买吧！选了嫩笋子要做凉拌，当然不能缺色拉酱，一次用不完，那么再买紫甘蓝、苜蓿芽、小西红柿、脆黄瓜、青豌豆做生菜色拉。据说葡萄柚维生素多，榨汁喝顶好的，可是很酸，自然再买橙子一块儿榨啰，卖橙子的女人眉清目秀的，说："小姐，就剩这些了，全买算你便宜！"说得也是，全买了她就可以早早收摊回家抱小孩，于是十斤橙子也上了。才出市场，门口蹲着卖笋子的阿婆，长得很像我阿嬷，再买些无妨。没走几步，一只竹篾盘里只剩一把地瓜叶，卖菜阿公闲着也是闲着，叼根烟撕起菜梗了，见了我说："撕好的！"二话不说，带了。理由是，他太敬业了，而且是最后一把。

对有这种购物习惯的人而言，上街逛市场是很乐的事，情感得到充分的发挥。所以，她有可能抱回一台电视，因为它的外形像她那方头大脸的外祖父；或他可能想起老婆的睡觉姿势，提回来一尾大龙虾。

巴　掌

人，生下来就是欠揍的，脚脖子一拎，赤手空拳不必解释，给他一记屁股，哭得愈带劲儿愈好，要是哼也不哼，那可惨，十个月精粮脍肉全都白养了。可见，人会抗议也是与生俱来的。算起来很公平，滚出娘胎的时候，婴儿哭，大伙儿不哭；滚回西天的时候，大伙儿擤鼻涕甩眼泪，瞑目的人睡得四平八稳的不必哭。

一个巴掌两面刀，哪个小孩的臀部没当过磨刀石？刀得救人亦能毁人，刀口对准了，土鳗泥鳅也能脱胎换骨，变成摇头晃脑袋的书生；要是对歪了，眼睁睁一个机灵儿被打笨了找谁赔？大人们一面高喊爱的教育，暗地里摩拳擦掌来点暴力；我不反对打一点小屁股，但反对暴力——尤其是情绪失控的大人所使出的暴力。

早年看过一个父亲打小孩，那真是深思熟虑加老谋妙算，他采记账式，积满三笔一次算清，又善于制造气势，经营紧张、悬疑，大巴掌一扬，虎虎生风，挨着屁股不过十只蚊子的痒劲儿，小孩哭，一半是因愧疚而哭的。他在一旁递手帕儿还帮着擤鼻涕，和颜悦色讲一盘道理，他最厉害的一句话是："我打你，就像在打我自己，你是我生的。"这小孩不痛改前非，除非泯灭人性。

前阵子上名胜山寺本想修心养性，临走时看到一场巴掌，几日修持毁于一旦。一个小学女老师领了四五十个小可爱也上山玩，不知怎的对一个小男孩大声泼骂，听那骂词大约是脱队乱逛之故，忽然一掌正反劈，扎扎实实打在小孩脸蛋上，旁边的路人及时劝了，那小孩站在大太阳底下，狠狠瞪着他的老师，面对四五十个同学，哭都没哭。

山寺边一排接引佛，一掌低垂，援引众生。当下想与大佛打个商量，借个手，给那该打的大人一巴掌。

聆 听

在聆听之前,必须让自己变成一只宽口大腹的瓮,把陈年的灰尘泥垢刷洗干净。不管听来的是一把带刺的莽草,或是几朵盛放的小花,插在瓮里,任意伸展,别有一番虚心承受的古意。

要一无所有地聆听别人的陈述,几乎不可能。既然是瓮,已经落入实体,受限于个人知识、文化背景、价值观、道德判断,每个人都难免是一只瓮,大小、宽窄有别而已。不过,至少可以秉持诚意,不必急着做是非判断,先听听他人的心声。

最怕的是,在聆听之前,中了流言谣传的箭,把对方打入冷宫,连带地,将对他的信任与尊重一掌瓦解;就算对方具有诚意前来倾诉事件的脉络,也会因为言谈过程的恶意而宣告破裂。只要是活生生的人,都会这么想:"既然你没有诚意听我述说,所有的解释都是徒然!"

也许，这是人际的矛盾，容易听信第三者判断，而不愿相信自己眼睛所看的、耳朵所听的，尤其不愿听信当事人所说的。总要经过很长的时间才会恍然大悟，一段友谊的破裂或合作事业的夭折，其实不是因为对方是个坏人，而是自己先行认为他是个坏人。

任何一种仳离，若是源于了解，都值得庆幸；若是误解，难免有憾。

有一种聆听特别需要忘我，也许是在短程的公交车里听到放学的孩子们嘻然交谈；也许走到陌生的风景里，听到季节捎来的一段小道消息，或是一条溪涧的自言自语。毕竟，活在这世上，人声纷杂，天籁难闻。

耳朵既然不打烊，听到会生耳垢的话，也不必学古人掬水洗耳，让它左耳进右耳出就是了，别放在心里；若听到茅塞顿开的话，好好藏入瓮里，让这只瓮大到可以腌渍一座山。

情绪来了

跟妹妹共居一室的那段时间,最深刻的体会是,情绪乃人际间的无形杀手,足以让亲昵关系瞬间云消雾散。

通常都是我在作怪,闹情绪的人大都不会承认自己无理,这跟酒醉的道理一样。所以,她默默地忍受了多少情绪垃圾,我无从计算。直到有一天,她不知从哪里找来一张心形卡片,夹在梳妆台上,我猜她是忍无可忍了。

那张卡片虽是大红心形,还挺有学问的,正放是夫妻两个和颜悦色的微笑表情,倒放则变成怒目相视、唇齿相讥的争吵状。我问她这是啥意思。她说,这是咱们的温度计,谁认为彼此感情很好,就正放,谁觉得不顺心,就倒放。彼此有个警惕,免得白白当了受气包。

这法子不坏。由于每天都会对镜梳妆,第一件事就是看看卡片是正是反。我发觉她的脾气很稳定,倒是我,常常把卡片给反过来。她瞧见了,顶多风凉一下:"今天又吃了鞭炮籽啦！"意思是肝火特旺，讲话会发冲，她很知趣地到别处溜达，免得挨炸。

自己看到卡片老是摆着怒脸，怪不好受的，又将它正过来，脾气消了大半，谄媚兮兮地跑去跟她报告："不知谁把卡片正过来了耶！"

人是情感动物，每当情感无法顺畅通行陷入泥淖时，难免闹起情绪，这是人在寻求解决之法过程中的小规模地震，发泄情绪要比压抑情绪健康多了。

问题在于如何发泄以及如何避免波及善良无辜的老百姓（通常是最亲近的家人）。文场的发泄方式不外乎散步、喝酒、逛街把身上所有的钱花完、回家吃光冰箱里的食物，再闷头大哭大睡；武场的，捶桌摔椅、吵嘴殴架、回家打碎所有的碗盘杯瓶，上自高堂下至小儿皆遭痛骂。会打算盘的知道，武场最笨，隔天还得买副新碗盘。当然，有经验的人都晓得，买塑胶的。

最好学会控制情绪，如果不会，先买张卡片也是个法子。

小 毛 病

没害过小毛病的人，打从生耳朵还没听过。

这小病范围很广，吹了风鼻塞、坚果吃多了喉紧、刨瓜时刨了指头皮、吃鱼吞了鱼刺……虽然不碍事，可是不舒服，上医院未免小题大做，于是就出现千奇百怪的治小病绝招，有的极为荒谬怪诞，近似乡野奇谭。

譬如，眼睛吹进了沙，捂着眼睛找人："阿嫂，进沙啦！"那被唤作阿嫂的，两手往腰际一抹，用指头撑开病眼，对着眼珠子念一段口诀："目睭[1]公、目睭母，马上吹，马上好，呼！"沙子果然被吹跑了。

要是吞了鱼刺，当下千万不能对人说，放下碗，转三圈（千万别搞错，碗转不是人转），吃一大口饭，嚼烂，配一口汤，咕噜吞下，刺就没了。

---

1 目睭（zhǒu），方言，指眼睛。（编者注）

有一回喉咙不舒服,上了出租车不免嗯哼一番,司机先生仿佛华佗附身,开始诊断:"你哦,嗑半碗公的瓜子壳,连冰糖加开水,放进电锅炖,光喝汤就行了,我保证你马上不痛!"还细数这秘方何等有效。我当然感激,连不相干的人都这么关心我的小病,岂有不感到温暖的道理。

可是我终究没照着做,太麻烦了!我得买一包瓜子,乖乖地坐着嗑瓜子,还不许吃瓜子肉,这不合常理,我会不知不觉地偷吃。再说,得嗑多久才嗑出半碗公啊?也不能找别人帮忙嗑,我可不想连别人的口水一起"炖"。最重要的是,听起来不符合我的医疗常识。

小病多如牛毛,土方、偏方、祖上秘传都出笼了。每个人都成为小密医,不仅身怀绝技而且急着救人。

在我们家,有两样小毛病是不可以随便说的,一是中暑,一是耳朵痒。倒不是这犯什么忌,而是家里有一老一少好为人医。老的专治中暑,小的专攻耳朵。

你要是恹恹地往沙发一歪,说:"哟,可能中暑了!"那老的可精神了,马上倒一碗水,手执木梳:"趴下,我给你刮痧!"不给刮,还会骂人,好像你的背是一张奖券,她急着刮刮看奖品是什么。

你叫得愈大声,她愈有成就感,刮了背不过瘾,还抓肩,屈着食指、中指,夹着抓,硬要抓出一块瘀红。隔天出门,肩头露了苗头,看到的人莫不暧昧地冲着你邪笑,以为昨晚有个野男人死命地亲出来的!你指天发誓,别人还会说:"紧张什么,这又不犯罪。"

那小的,一听到有人喊耳痒,饿虎似的一手椅垫一手工具盒,满屋子追人,还苦苦哀求:"给我挖一下嘛,一下就好了!"众人烦了,齐声帮腔:"给她挖一下嘛!"

她可乐了,拖着你的小手到房间去,贼贼地锁门、打灯光、盘膝坐在床上,放稳椅垫,叫你把头侧卧在椅垫上,还没卧稳,耳朵就被翻了,一根凉飕飕的细棒子潜进去了,她会轻轻地哄:"不——要动,忍,快了——挖到了!嘻!你看,啧啧!"你还真想看看哩,还好老天造人只给两个耳朵,要是十个八个,她岂不乐歪了。

我倒不是怀疑她的精神状态,自家姐妹嘛,可我真觉得这家伙有点想象力过旺,她大概幻想总有一天会从耳朵里挖到金块。

至于洗过澡后,张着自个儿的手掌抠茧丝,总不碍谁吧!

不!偏偏就有人接手,凑着脸仔仔细细地帮你剥茧。这还算客气呢,要是脚茧,马上有个彪形女人一把抱住你,掼到床上,另一名小喽啰坐住你的脚脖子,两手抓紧脚趾头,好让那人锉刀、剪刀全使遍了。她还善于用小指甲尖轻轻刮你的脚掌,问:"痒不痒?"仿佛是额外奉送的福利。

你要是一时笑岔了忘记喊痒以证明那是活肉,后果自行负责。

如此身经百战，我也出师了。遇到有人哼啊哼啊喊感冒，我可是倒背如流："多喝水、多休息，少去公共场所、少讲话，多吃水果，少吃油炸、辣椒、芥末，忌烟、酒、咖啡，来，我摸摸看有没有发烧！"喏！除了不会开药，我啥都会了。

看来，小毛病不是坏事，乐坏了周围的人。

大　师

通常，观察一个人的格局与气度，除了验其事功，访其德操，最好再听一听他怎么看待自己以及如何面对别人对他的批评。

在台湾，愈来愈热闹的是，"大师"与"天王"不逊于雨后春笋。类似黄袍加身般的尊荣，似乎在各领域林立的山头上不时登基。于是，我们的确拥有很多"大师"了，建筑界大师、宗教界大师、电影界大师、文学界大师、科学界大师……当然，还有气功、命理、塑身大师。

媒体与营销企划人员必须负点责任，为了达到耸动效果，不惜挑出字典中最具权威意涵的那一批文字，诸如："五百年来第一人""气势磅礴、震古烁今""旷世手笔，鬼斧神工""大师风范，扭转乾坤""×学权威、众所瞩目"，接着是"天王巨星""新世纪接班人""不世出之天才"，最后在键盘上敲下两个字："大师"。这真是另一种"营造业"。

本来，都是文字游戏，但玩多了却有副作用，言者无心，听者有意，当事人也觉得自己愈来愈像领一代风骚的"大师"了。

台湾太小了，扬名的速度如烈火狂风。然而，"名"如鸩酒，一旦染了毒瘾，极易忘记自己最初踏上这个领域时的澡雪精神——那是一种等同于宗教的信仰，遂逐渐被"名"所役，等着信众们前来朝拜。所以，一旦自认为大师，其征状多是：既忙且狂，并且视自己的言论为足以振聋启聩的唯一真理。最后，当然要走上造神运动，确保千秋万世之名。

如果一个社会"大师"林立，这个社会大概神志不清了。如果一个人陷于"大师"魔网，等于按下自毁之键吧！

人，若常常想起"天地不仁，以万物为刍狗"这句话，说不定能在无边无际的时间瀚海中看到数不清的人世残骸而谦逊、悲怀起来。一个人的黄金光阴不过数十载，若有几斤几两才华禀赋，也是社会积谷存粮把他养出来的，从这个角度看，储存在每个人身上的智识才赋皆是公共财产，怀藏者需在生命结束之前反馈出来，才算有情有义。功名利禄，只是意外的犒赏，本不是志士的终极关怀。

也许，能人志士辈出比镁光灯下的一排大师，更能彰显社会的气象吧！

要 走 的 时 候

我开始想象在他生命终了前一日,慢慢抬起头,意识清楚地对探望的好友说"你来了,啊,我的眼睛睁不开……"的心情。

我试着体会他独自面对死亡时,回忆自己短暂的一生与眷恋的人事,说不定像关在阒黑小房间观赏一部纪录片,看着看着,觉得那是别人的故事跟自己无关,看完了,把片匣还回去,还的时间就是死亡时刻吧!

说不定在读秒过程,他连给自己一个结论的念头都没有,一切都在放散状态;母亲的声音、妻子的脸、儿女调皮的样子,这些熟悉得深入肌理的人事,也逐一模糊、消散。他只觉得很累很累,渴望沉沉睡去而已。如果能够这样,也算走得很轻盈了。好走,是一个人最后的尊严与幸福。

像他那样,始终在人生路途凭着两肩义气独力挑担,不愿带给家人朋友太多麻烦的人,其实生前即已决定面对死亡时的明快作风。他早就心里有数，癌症末期等于是冥府下了战帖，但他却对大部分朋友隐瞒实情。只有少数人能够超越人的普遍懦弱去跟死神单挑，他擅长快刀斩乱麻，该决斗就决斗，该走就走，不必啰唆。这种人无法忍受在生命终段拖泥带水、哭哭啼啼的样子吧！

所以选择海葬也是必然，如果要消泯证物，先交给火，再交给海，便不留痕迹了。一碑一墓，太像苦口婆心留下证物，对陌生路人证明曾经存在；他彻彻底底消灭自己，生命乃一场战斗故事，从大化来，回大化去。

思念是生者的事，愿意记得的，会在红尘的某个角落回忆属于他们的甜美时光，在心里清出一个空位静静与他对话。不愿记得的，选择遗忘。

如我们所知，记忆他的人，最后也会被其他人遗忘。

标 准 答 案

很久很久以前,在乡间小学的教室里,栀子花香自窗口溢进来,小粉蝶在草坪上漫飞,扎辫子、理三分头的小女生、小男生却乖乖地面对考试卷埋首作答。老师说:"各位小朋友,要诚实回答,不要偷看别人,题目要看清楚哦!"

我睁大眼睛把每个字都看瘸了,小心翼翼地写下答案:

1.台风成因是:①气流变化引起的 ②海龙王作怪……(②)

2.如果你在路上捡到金钱:①交给校长 ②交给警察 ③自己花掉 ④不要捡……(④)

我非常得意,每一题都会做。村里父老常说地震是土牛翻身、打雷是雷公雷母吵架,那么台风当然是海龙王作怪嘛。路上的钱最好不要捡,譬如我在河里摸蚬摸到两毛钱,就丢回河里,那是孤魂野鬼的饵,要找替死鬼的。标准答案公布了,全错。

这对我小小的心灵打击很大，没有人能说出为什么。不过，我终于学会什么是"标准答案"，考试成绩愈来愈好。我会选择"跟同学要和睦相处"的标准答案，可是暗暗发誓永远不要跟邻座女生讲话，因为她比我漂亮。

过早发现每一成长阶段皆需服膺一套标准答案以求立足之地，的确有助于成功地扮演社会化角色，却也使人与群体的矛盾日益加深。因为，每一特定团体所公布的标准答案只是一种解释，而非真理。尤其，现代人大都活在数个团体所交集的范围内，如何从众多利益冲突的标准答案中选择较合标准的，实在是门大学问。

最有名的例子是，一个父亲带着小孩，牵着一匹马，应该怎么做？①父亲骑马，儿子走路 ②儿子骑马，父亲走路 ③两人一起骑马 ④两人走路，马也走路。

选择①，别人会批评爸爸不够慈爱；选②，他人会说儿子不孝；选③，虐待动物；选④，旁人说：两个傻瓜，有马竟然走路。这四个答案，都对也都错。依我的办法是，全部扬弃，我会先把多管闲事的人大骂一顿，再把马儿卖掉，得了银子，搭出租车。

百 宝 箱

时常第二天在陌生的早晨醒来，重新摸索自己的秩序，遂不可能携带过多的杂物。人可以极其简单，只要有数尺之地夜眠，几张空白的纸、墨水丰沛的笔写些日升月沉的故事，就可以把日子过好。于是，我发现自己至今尚未拥有"百宝箱"，无法翻箱倒箧一一历数珍奇。也许，我曾经有过，也囤积了一些美物，可是物换星移之后又一一亲手摧折。情在物在，情尽物灭；物之所以珍贵，乃因人心相印足以生辉，既然心生别意，再美的物都是落花流水。所以，常常以近乎冷酷的理性捆绑包袱，任何足以刺痛记忆的物件皆无一幸免。就这么家徒四壁了，第二天醒来，如在陌生地。

我不可能成为收藏家，因为善变。购得的巧妙玩意儿大约不少，可是不消数日把玩，又腻了，逢人即赠去。原因不外乎物与我不亲，无法从中衍生一段灵动情事，没有感情地对待实在可怕；如果有个没感情的人与我共居一室，我猜，为了不使自己发疯，我会扛着他送进"当铺"。

有些宝贵的东西是别人赠予的，记录刹那之间即心心相印的欢喜，授受时总沉浸于庄严的礼赞之中。而我仍然笨拙，仍然十方来十方去。一串琥珀念珠赠给病榻中的挚友，一条卍字链给一位美丽女子，一条象牙微雕心经经文项链给突患脑炎的好女孩；数不清的凤眼菩提、星月菩提、金刚菩提念珠也都散赠困境中的人。我痴心地想，别人将最珍爱的东西给我，我心领即是，这物应当再加上我的祝福，流到最需要它的人手中。然，痴心只是痴心，现实的磨难仍旧在友朋身上作祟，眼睁睁看他们如风中残烛，却无法分担一丝痛楚。归来，就算眼前一山宝物，也让它路过罢。

绝美是无法收藏的。

哪怕是对待自己，也寡情了。写作的人总珍贵自己的原稿、真迹，或不免闲来编撰年谱以志历路。我连原稿都任其生灭，更遑论年谱之类。写过的稿子像生出的孩子，因缘际会自有其造化，做母亲的若耳提面命就陷入执着。至今，丢过的稿子不计其数，幸而刊载的，也没有剪报；除了计划中为出书而创作的文章尚有闲情收之拢之，其余应邀撰写之作，几乎荡然无存。不知从何时开始，当我意识到作品与作者的关系只不过是一场诞生与死亡的游戏时，对待稿件的态度犹似身外物。

我不羡慕呵气拭古镜、悬剑梦连营的人，因为不会收藏古董；我会佩戴钟情之信物，可是不会执着于任何一桩承诺，因为爱情自有生灭；我会尽心研墨，借文字与钟情之人取暖，可是不曾叮咛他人要身心相护。物，永远是物，有情人一拈手，蔬食饮水自是玉液琼浆，情尽缘灭，则凤冠霞帔无非是衣冠古丘。

有人问我的百宝箱里头装什么，说来好笑，我连百宝箱都没有。

十二片柚叶

农历正月，阿嬷依照乡俗携着全家大小衣服，专程到苏澳一家老庙"祭命宫"祈福。回家后忧心忡忡地对我说："你今年运途不好，出外小心车厄，莫近病丧……"我一面看电视随口问："要不然会怎样？"阿嬷生气了："还问！"一副守口如瓶、倔强的模样。

我忙着工作，成天在外奔波，早把运途之说淡忘。有时夜归，阿母从床上起身，替我热饭菜，问些工作上的好坏，我一面吃饭随口把好好坏坏都说了。人生跟天气一样，雨天打伞，晴天遮阳，我吃饱睡倒，明天再说。阿母却都记住了。

她特地再回宜兰祈福，带回十二片柚叶、一道平安符，要我立刻洗脸净手脚。神明吩咐的，如此才能无病无灾平安过今年。阿母亲自为我安排洗澡；十二片柚叶油绿得像慈爱之神的庇佑，平安符烧成灰烬覆在叶片上，从此灾厄化尘化土。"还要阴阳水！"阿母说。我以为什么水呢，原来是半缸热水半缸冷水。我心里想："待会儿跳下去，成了柚叶胡椒煮牛肉汤（我肖牛）！"不免笑出来。阿母瞪我："还不快洗！"一缸子世态炎凉。

我躺在澡盆里看漂浮的柚叶与符灰，仿佛看到半生劳碌里绿色的爱与黑色的灭。想起阿母在大热天为我到处寻柚树、摘柚叶，自觉不配享有恩爱。当澡盆里多了一滴人泪、柚香萦绕肌肤之后，我欢喜地起身，却发觉黑灰吹拂不去，粘了肉身。

小管与鱼的伤心往事

1. 小管

我不吃小管,没有理由。没有理由就是最大的理由。如同在数不清的饮宴桌上,忽然发现某人皱眉速速将女侍分配的菜肴移开,吐一句:"我不吃这个!"旁人吃得满面红光,劝:"尝尝看嘛!这是大厨最拿手的哩!"那人摇头敛目像蚌族锁上大门,一副就算大厨提刀来砍也不开的模样。这时,总有人出面问:"为什么?"那人不冷不热丢了句:"没有理由。"如同此时,没有理由就是最大的理由。

当此时,凡有阴阳眼者必能窥见那人椅背后躲了一缕幽魂,吃吃地伸出长舌舔他的脸,把他的食欲吃干抹净。知书达礼的君子都知道这时候不能再逼问逼吃,应缄默且收敛地让这道菜速速从盘中消失,以拯救那人的兴致,让下一道菜宛如天仙美女安慰那受到惊吓的舌头。至于那些不怀好意逼问甚至逼吃的人，按照"食色，性也"逻辑，称得上是餐桌"性侵害"，应处以饥饿极刑。

其实，细细回想还是可以找出小管与我的小小恩仇。

首先，它长得丑。依我的偏见，海洋里所有列名人类菜单中以"头足纲"亲族长得最丑，它们大都需要三杯烹调法、炭烤法加上九层塔去管训，如鱿鱼、章鱼、花枝、透抽、小管、软丝等。这一支氏族均佩戴墨囊，遇敌或受惊即喷墨脱逃，污染海洋。当然，丑不是它的错，它们不是为了给人吃而存在、演化的，若如此，它们早就整形塑身、倒掉墨汁演变成章鱼烧、花枝丸来到我面前了。况且，如果真这么发展，人类恐因倒尽胃口而灭亡；因为征服的乐趣除了表现在捕猎之外，更需借由繁复的食用挑战而达到高潮。所以，那些刺多、壳硬、毛密能让人类实践餐桌暴力美学的食物，绝对比一粒粒雪白鱼丸更能刺激生存欲望。是以，西装革履的美食家传授如何优雅地享用大闸蟹：掀盖卸壳，左旋三十度、扭，右翻四十五度、拉，在我看来是违反本能之举。我不吃蟹[1]，若哪一天决定吃了，我一定拎着最壮硕的那只蟹加一罐啤酒到无人的所在，再找一根榔头或一颗刷干净的石头对待它，

---

[1] 必须诚实地说，后来吃蟹了，而且每年到了秋季，特别想念新北市万里海边"龟吼渔夫市集"的清蒸蟹。

力道之猛，如第一个吃蟹的人。

所以，不管俗名叫"锁管""小管""小卷""大头仔""枪乌贼"，其长相都是鳍占胴长三分之二，头大、身体短，十只触腕，体内附一只墨水瓶，两眼微凸、无神。丑，是它的天赋，像一发子弹，像小男童包皮过长的性器。

我父亲从事鱼货买卖，每天从南方澳批发新鲜鱼品。自小，我家餐桌上五道菜必有四道跟鱼有关。父亲喜小酌，姜烧小卷乃成为下酒良伴，顺道成为我们小孩便当里的主角。这就让我叹气了，隔夜蒸过的小卷气味败坏，卷体变硬，嚼之如将一截水管嚼成十条橡皮筋。这也罢了，看看白饭被染黑一大片，食欲低落，影响考试成绩。我每次见到弟弟们从菜橱里抓几条小管当零嘴，吃得牙黑，不禁错觉他们刚刚嚼了一幅书法。

有一天，小管复仇了，它们对我的惩罚让我永远难忘：进不了我的肠胃，它们烙印我的心。

那是农历七月十五，中元节早上，我的父亲走了。前一晚，他在大马路边一棵高大木麻黄旁出车祸，连摩托车后座的大鱼篓都飞出去。道士引领我们五个孩子到出事地点招魂。酷热太阳下，十三岁的我，披麻戴孝，跪在最靠近血迹的地方，焚烧冥纸，依指示呼喊父亲的魂魄归来。道士手中的摇铃忽缓忽急，如一匹盲目的马欲寻一个耳聋旅人。我跪着，泪已流干，鼻腔被一阵忽隐忽现的腥臭味提醒着，于是我看到草地上散布一二十条肥硕小卷，在烈日下发红发臭。我懂了，父亲出事前心中最想的一餐是小卷，打算回家后叫我母亲料理，好让他舒舒服服地坐在老位子一边喝啤酒配小卷，一边与我祖母闲谈。我忽然想到，他是饿着肚子出车祸的，小卷散在草地上，他没吃晚餐。

我的眼光被小卷吸住，死的小卷，臭的小卷；恍恍惚惚，渐渐从无望之中生出奇异的希望。我想，如果我把这些小卷一条一条吃下去，说不定能扭转乾坤，换回父亲一条命。也许这一切是上天设的局，为了惩罚我对小卷的诋毁与偏见，所以只要我诚心诚意悔改，吃下草地上的小卷，梦就醒了。

我终于没吃。但从那天起，我不吃小卷，为了保留一份完整的哀伤，以及我父亲对小卷的渴望。

2. 鱼

有一条鱼跟青春有关，时常浮现眼前。我极爱吃鱼，不挑剔地吃，近乎无品位无原则。实不相瞒，这癖好影响我对两件事的看法，一是决定死后海葬，绝不留半撮骨灰给后代，以"报答"鱼族养育之恩；二是，我很想建议水族馆在入口撕票处发放筷子、小刀及一碟"哇沙米"，做什么？当你看到新鲜肥美的鱼群在你眼前游来游去，除了想到"生鱼片"还能做什么？这种念头很可耻，我承认，我忏悔，我改不掉。

那条鱼出现在我少女时期某个夏日黄昏,那是中学童子军课程举办"野炊"。我非常怀念这种具有"另组家庭"想象的活动,让女生们满足"扮家家酒"的欲望。五六人一组,男女都有,开菜单、携带炊具、分配工作。我们在操场边埋锅造饭,炊烟四起,语声喧哗,在笑闹、追逐中,女生呵斥男生:"讨厌,还不去提水!"男生顶嘴:"管我,你是我阿母吗?"四周起哄:"是牵手啦!"于是出现女生持铲追打一干男生的"中学生两性关系"经典画面。麻雀在电线上吱喳,晚蝉来早了,随风奏鸣。这时刻这么美好,美得无忧无虑,连悒郁寡欢的我也暗暗陶醉了。

学校为了让学生尽兴,设了比赛,几位老师依次到各组观看炊煮成果再评分决胜负。大部分老师都客气地浅尝菜肴,加以赞赏、鼓舞,提振士气。我们这组,有位善厨的女同学煎了一条肥硕的吴郭鱼——在二十多年前穷乡下的学生活动中出现这道菜,换算成今日,等同于一砂锅新同乐鱼翅。鱼被煎得完好,赤黄酥脆,泛着薄薄油光,在晚风中、蝉浪里,如一尾披着龙袍的鱼酣眠着,等着犒赏我们这一群善良、纯洁却肚子饿扁的孩子。

老师们赞赏这一条鱼,在评分单偷偷写下数字后走了。只有一位男老师踅回来,约四十多岁,单身,赁居在外,体形稍胖,走路慢慢的,说话慢慢的,微笑也慢慢的,然出乎意料,他吃鱼的速度很快。

他吃掉单面三分之二鱼肉。我看到盘中吴郭鱼露出骨骸，听到梦碎的声音。抬头，看见他的背影，长裤口袋插着一双筷子，正慢悠悠地朝校门口走去。

我这外表温和内心却暴烈、非爱即恨的中学女生，瞪着他的背影暗骂："你何不带着筷子去跳海，吃个够！"我的良心立刻谴责自己不应如此无礼，遂隐入树林间遮掩眼角的泪光。

操场上响起那首熟悉的歌："夜风轻悄悄地吹过原野，烛火在暮色中跳跃，你和我手拉手婆娑起舞，跳一跳转个圈真快乐。"

夜色果真降临，紧紧拥抱着无望的少女，跳一跳转个圈，快乐不起来。

一只萤火虫把夜给烧了
——谈喜剧

喜剧,乃是黑夜一般的人生旷野上,突然飞出的一只,萤火虫。

它天真地认为,靠尾巴的小火可以把黑夜焚了。

我没什么喜剧故事。自从信仰悲哀与无常的人生架构之后,喜剧恐怕不是我的主要情调了。

所以,我说它像萤火虫,愈小的孩童可以一瓶一罐地抓,抓到嫩嫩的小手掌变成透亮黄水晶也不稀奇,玩腻了,慷慨地放它们走;人到中年,或许只剩可怜的一只,像忽明忽灭的灯泡,合掌拘了它,贪看流光又怕不留神飞了它。到了老年,轻罗小扇早朽了,所有发光的东西也都成了煤渣。

一向对悲剧讯息的接收能力较强,虽然行年尚未老迈,对人生路上的散光余芒早就不信任。什么时候开始失去憧憬喜剧的心？很难翻出一件明确的纪事，可能源自天生本性。有些人见到花之未落、月之未缺，却预备了流水心情，伤逝的新芽总是在春天埋伏。悲剧可以引领我们到悲哀巅峰，因着人的无辜而流下干净眼泪，把生灭常变的生命看得更清澈些。悲剧也可以使我们与古往今来的人有了一种"亲密联系"，仿佛我正在排演他们演过的戏，而在我之后的人终有一天也会轮到。我常有一种感谢的心，当阅读、聆听别人的悲剧故事时，感谢他们认真的演出，使我更清明地体会人生的真谛；进而也期许自己能好好演出自己的人生剧本，让未来的人拿到同样剧本时不会惊惶失措，因为在不可篡改的悲剧戏码里，我们曾经无形地拥抱过。

相对于悲剧而言，喜剧是一种暂时的解放。我甚至不愿意使用"喜剧"这两个字，宁愿称它"悲喜剧"。对生命而言，喜剧可能是形式，悲哀才是内容。那些撰写喜剧的作者，必定怀有悲天悯人的胸襟，既然人生荼苦，何不找个山洞，大伙儿嬉笑一番，暂时把等在外头的豺狼虎豹忘掉，说不定能激励向上意志，信仰人生仍有光明与圆满。因此，如果要抵抗生命的悲哀本质，喜剧是最具叛逆力量的。

虽然这么说，基本上我也赞成每个人都应该培养一种类似兴奋剂的心情，暂时回避漫长的悲哀。但，这不能叫"喜剧"，恰当地说叫"喜感"，因为"剧"的完成牵涉过多人事，非我们能够自编自导自演；喜剧必须是一个完整的故事，一群人物在一段时间里相互摩擦出复杂情节，最后完成令每个人都大致满意的结局。如此简单的定义，如此困难的工程。而"喜感"却可以自主地在刹那间完成，借用的外物俯拾皆是：一封情书，一则情色笑话，一条报上的新闻，捡到一块钱，看到一个长得很像犀牛的人，意外的生日礼物，爱炫耀财富的邻居驶着奔驰车与我擦肩而过时爆了胎，朋友用老板的名字命名他的狗，一个魁梧男人的肉球般膀子上刺着"阿珠我爱你"而我开始偷笑他一定用另一只膀子搂别的女人，诸如此类。"嘻！"我常发出这个音，很快地坠入快乐的蚕丝里，乐得轻飘飘。这些欢娱的片刻无法与人分享，它们属于一次性消费，像牙签一样。只有痴心的人等待圆满的喜剧降临，我不存这个心了，凭自个儿本事酿造喜感，快乐一下，偶尔笑得花枝乱颤。

"嘻！"就是这个单音，类似胡椒粉跑进鼻子的瘙痒感觉，然后放肆地朝这个世界打喷嚏，调皮地想象世界在你的喷嚏声中粉碎。

悲剧仍然管理着生命，可是我们也不妨随时抓点题材制造乐趣，别一张苦瓜脸混了一辈子。乐些吧，久而久之居然长出一株不合逻辑的蔓藤类思维植物，反绑了悲剧之神的手脚。

一只萤火虫当然不可能把黑夜烧光。

但，有一只萤火虫认为黑夜是被它烧焦的。

一 札 钱

没人知道我的经济状况。

数字化世界里，物与物的亲属关系及其游戏规则比单纯计算月收支更使我着迷。我从不规定自己每月必须收入多少或只能花费多少，因为人生如此无趣，如果连这都要压抑、管束，更添无味。"尽管花，不用怕！"我告诉自己，这使我在精神层次保持自在，不必为五斗米向任何令人厌烦的体制低头。然而在另一方面，我的确有本领随时调整自己的欲望内容——什么日子都可以过，什么饭菜都能吃，从最简单的物质条件里发挥最大的创造力，不做金钱的奴才。

但这不表示我缺乏赤字观念，相反地，我的心里住着一位头脑清楚的账爷。她会事先衡量我的年度欲望水平，预拨一笔款项到专属账户让我挥霍而不影响其他固定支出。可是，我从未用光，原因是当我临时起意想添购昂贵家具或奢侈品时，乡下人的苛俭习性就出现了，好像心里住着金钱警察，我会找一百个不需买的理由打击五十个必须买的理由，很不幸大都成功了。于是，垂头丧气地捏着一沓钞票找地方发泄，喝杯咖啡、买几本书、看场电影、一束鲜花、一块点心，立刻面带微笑地回家。就在往后喝茶吃点心看书、抬头欣赏花朵怒放的生活里，原先购买昂贵物品的念头熄灭。必须感谢阿嬷从小阉掉我的"冲动式购买神经"，少了这条神经，储蓄、理财变得容易多了。

至于该买的必需品，实在必须感谢莫名其妙的好运，大都在准备添购时自动上门；沙发、冰箱、电视、除湿机、茶几就这么自动自发地来了，惜物观念使我不介意二手用品与家具，能省则省，不当省则不省。前阵子朋友一家从外地回来度假暂住我处，竟趁我不注意买来洗衣机、热水瓶，妙的是这些东西搁一块儿都配，而且从未故障。大概命中常得贵人相助，是个得人宠的，因此我也乐得坐在A先生的沙发上看B太太的电视，喝C先生的茶壶里泡的D先生送的茶，吃E女士送的碟子里的F同学捎来的冈山黑枣，接G先生留下的电话跟H小姐说："你送的盆景现在好美！"然后用I单位送的笔在J煤气行的便条纸上记下约会。临睡前，捻亮K先生的台灯，躲入L妈妈送的花棉被，读M小姐寄来的书，用N先生的暖炉烘脚，打一个大呵欠，把书放在铺着O小姐的染布的P姑姑的矮几上，做道道地地的自己的梦。次日醒来，打开Q姐姐的冰箱取出吐司，用R太太送的精致咖啡杯盛滚烫的蓝山，用S奶奶的平底锅煎一个蛋。早餐后，吞一粒T先生送的维生素"善存"，开始用U女士的洗衣机，昨晚更换的卫生衣是V女士送的。我得卸下W妈妈送的OMEGA表及X先生的戒指，才能用Y妈妈的橡皮管喷花，把衣服晾在Z太太的竹竿上，回到书房，写道道地地的自己的文章。

乞丐的富贵荣华也不过如此。

日前，有亲戚劝我学开车，出入方便，我答以没预算。她不知是一时浪漫冲动还是被我的幸运神下符，居然说："你喜欢的话，那辆车随便卖！"我吃了一惊，那可是名车呢！她愤愤地说："我那个神经老公，又去订了一辆！"我摸摸那辆银白色、最远开到顶好市场平时用来晒棉被的漂亮名车，心中浮起一股虚无的幸福感，它多像一匹白马温驯地舔着我的手！我的浪漫欲望在瞬间启动，眼前浮现奔驰的意象；但是心中那位冷血"账爷"立刻拿出计算器敲敲打打，算出养一部名车要付出的昂贵代价及其"贬值"的速度非现阶段的我能负担。这极具说服力，我不喜欢贬值，我爱"保值"及"增值"。于是，恢复理智的我要她劝劝"神经老公"不要这么浪费，做人惜福一点比较好；如果苦劝不听，折个正当价售给朋友，好歹攒点私房钱。虽然，她家够幸运能有更好的车，我也够幸运有机会超低价承接一部车，可是幸运不会永远眷顾我们，尤其当我们开始误用它的时候。

数字化世界里的嬉戏守则与享受不尽的人情际遇，使一般人认为的"钱及其引申意义"在我的物质生活失去权威地位。这两套逻辑相生的循环系统已经呈现富裕状态了，任何一笔金钱的收入或支出只能局部地滋润或减弱它，而无法颠覆它。事实很明显，就算成为亿万富翁或两袖清风，我不会随便丢掉 A 的沙发 W 的表，变成六亲不认的人。

只有爱能抵挡钱的灾难。那些把钱当作唯一意义、不择手段掠夺的人，是贪奴；认为有了钱才有爱的，更是愚昧。我们不难在周遭看到，被钱的飓风卷到无底深渊的人，如何在追逐钱财的过程里人格破产、精神瓦解、爱心幻灭。没有人脉即没有钱脉，而他们的思考模式正好相反，却不知人脉是用真诚相待、一点一滴累积出来的，而不是一颗金钱原子弹炸了就成。

最让我欣慰的是，我所结交的知心好友，没一个是看在钱、利的分上与我交往。我们都不知道对方的"身价"，只在寻常光阴里倾吐共同的际遇，留下共同的回忆。有一天，其中一位长者约了我，言辞闪烁、举止不安，兜了大圈子开始谈钱的问题，我警敏地想到或许她有急用，盘算正好有一笔款子可以给她周转。谁知她的结论是："你知道，我退休之后领了一笔钱，放在银行生不了几个利息，你现在又要创业又要缴房屋贷款，负担太重了，哦……哦，我想来想去，银行的放款利率高过存款利率，哦，我可不可以把钱借给你，你先把房贷清了再说！"我笑完之后告诉她："如果有一天我真的需要，第一个向你开口！"然后两人尴尬地低下头，如求婚被拒。

听来像天方夜谭的故事不时在我身上搬演，就连现代社会里不大可能守望相助的邻居，竟是有缘人相逢恨晚，打通两家围墙后接着计划在房间安门。事实上，已成为双方精神族谱上的一员。我安心地成为她家的吃客，而她也自在地前来共享一壶热茶，闲话家常宛如亲人。

有一天，我与朋友们会埋入相隔很远的花丛或树下，当春风吹拂山头的紫花酢浆草，我与他们或许会悠然地想起彼此的名字，相约去温暖的草坡游荡，话题免不了叙述或冷或暖的阳世记忆阴间故事，依然保有一颗多情易泪的心，在阳光多一寸时高声阔谈、日暮西山时互道珍重再见，依然不会谈钱。

但现在，我们还活着，坐在钱的跷跷板上。

钱买不到纯粹的爱。钱能使人变丑，只有少数人使钱变得漂亮。钱好比从山上砍来的木柴，应该燃烧生热，呼唤雪夜中的人一起取暖。

如果我们没钱，应该在不牺牲人格道义的原则下凭实力奋斗。如果有钱，最好"十方来十方去"反馈到对社会有益的建设上，尤其文化。免得后代子孙读到这时期的历史，除了"外汇"存底，连个像样的文化遗产都没。

我们会撒手的，紧紧捏在手上的钞票将如纸灰一样，飞散在永不能再来的人间。

寂 然 草

年轻时，有一段尴尬时期，我十分质疑自己是不是"女性"。

人生道上，总有一些坏天气跟随，别人察觉不到，只有自己明白今天的阴沉是鼠灰色还是铁锈？跟久了，养出肚量包容它，心情不错时，也能像长期幽禁海域的人逢到难得的丽日，晒出一身盐巴巴，收集半罐咸咸的幸福。

是个女性吗？我问。倒不是身体发育出了岔，也不是情感属性另有发展。是什么呢？通常问到此即利刀封喉，觉得应该去拖地板、换洗床单枕头套，或找出"罗赖把"把失禁的水龙头修一修。

"归咎法"非常适合像我这种连对自己也会避重就轻的人。假如一个女人对"女生"含义的第一次学习是从家庭（尤其父母）手中接收过来，成长过程又接收来自社会的验证与强化作用，学习到女性应该是什么，像什么，做什么，成为什么，终于形塑成大家都不会怀疑的"女性"形象，领取"女性一族"会员证，进入"女性轨道"像一颗小卫星般运转起来。如果以上的陈述合情合理，那么，我就可以张牙舞爪地解释，为什么已经步入前中年期的我还会质疑自己是不是"女性"。

我的家族蒙苍天恩宠，是个"女人国"加"寡妇皇朝"。请允许我稍微透露一点简史：两位祖母皆是早年丧父的家庭中的长女，早婚后，又奉天承运成为年轻寡妇，因此，我的父母皆是贴着孤儿符长大的村童。父亲这一支系比较传奇，简而言之，他是唯一男丁，俗称"单传"，自小长于以寡母为核心，众姐妹环绕的"女族"之中。一方面系三千宠爱于一身（物以稀为贵），另一方面也比其他男性背负更沉重的香火传续压力，他的伙伴——也就是我的母亲，当年竟搞起自由恋爱名堂，以她自小护卫寡母及敦厚内向的唯一哥哥在大家族中安身立命及曾经策动集体罢工以抗议老板颟顸的剽悍精神，采取智谋向家族威权挑战，终于如愿以偿嫁给让她一见钟情的美男子。然后，以三比二性别比例收获子女之后，我的父亲带着遗憾"退伍"，换言之，英勇的母亲也成为年轻寡妇了。

寡妇媳妇有一个寡妇母亲加一个寡妇婆婆加五个小小的、小小的孤儿。寡妇比率之高及孤儿产量之丰，堪称祖德流芳。

命相堪舆及妖魔鬼怪作乱之说都无法改变我是长女的事

实,那意味着寡妇王朝的宰相印信无限任期地交给大千金了。这不是倒八辈子霉吗？也未必,能与一群女人于此生结下血缘,共患难、同历劫,前世必曾指天为誓。

女人与女人之间的战争一向不亚于两性对峙,婆媳、姑嫂、妯娌、母女、姐妹,很少人不在这些战役中受点伤,严重的,反目成仇。幸运地,"寡妇王国"轻舟已过万重山。基于"家族命运共同体"的最高指导原则,只有相互合作与疼惜。婆媳问题只是偶尔的小风小雨,两个同榻共眠的寡妇,名义上是婆媳,实质感情融和了夫妻、母女与同是天涯沦落人的情谊,再吵也不能把死人吵活,有什么好计较？人与人难在不能心心相印,既然印了心,风平浪静。对"寡妇王国"而言,没有不供养、侍奉长上的道理,并以将长上送至养老院为耻。如此重情重义的婆媳俩,接近游侠列传。"家人"是什么？家人是苍茫世间、芸芸众生中,当你的人生出现危机时第一批握发吐哺赶来,挺出肩膀让你倚靠的一群人；是当探望的朋友走了之后,守在你的病榻二十四小时看护恨不得盗灵芝仙草喂你的人；是当你找到小小的幸福时,为你高兴得合掌谢神的人。

"寡妇王国"教了这些。

托死神之助而延续国祚的"女人国"内辖两名男丁,不过,因其人微言轻,一直处于弱势,朝纲政令,还是在女人手上。我自幼耳濡目染,跟着女皇们运筹帷幄、决战千里,十五岁即羽翼丰盈，单骑离乡闯荡天下，慨然有寻觅乐土、据地称王之志。成长路上杳无人烟，披星戴月，遇水架桥、逢山开路，只学会全套独立自主，没机会学习传统的、自男性观点岔枝而出的那一套"小鸟依人"。往下发展，事态愈来愈严重，貌似精明能干，可是不晓得怎么跟异性打交道。我的性格只适合带刀带剑，不适合举案齐眉。

"寡妇王国"害的。

女皇们虽然都长得纤细婉约，一派柔情似水，可是骨子里皆是钢铁结构。在那个讲究"三从四德"的年代，她们比别的女人少了"两从"，传统女性论没学个一招半式，传到我这一代，武功早废了。女皇们调教出来的女娃，个个会飞檐走壁，具备强悍的野外求生本领，从未有把生活与生命的重担交给男人的念头。

接着发生的事件，导致我怀疑自己是不是"女性"。早年，依照自然律，开始攻打情关，也想吟诵《关雎》首章，效仿"执子之手，与子偕老"的美眷世界。孰料，我的"女·女性观"（请允许我如此简化）与对方自小承袭的"男·女性观"交锋，战况惨烈，大败而归。当下怒甚，遣散兵卒，放马草原，归返田园安家立业——安一人之家，立一门之业。娘亲们惊恐了，以为我畏于祖传"寡妇与失偶"的律则而抗拒婚姻（实不相瞒，有一段时间，围炉吃年夜饭，一家八口从两岁到八十岁皆是单身），遂苦口婆心保证"寡妇"不属于遗传范围。我却无法说清楚，问题出在我没读过那一套普及本女性教材，而这些都是母后们恩赐的。

高山雪原上，飞鹰与奔马合奏的牧歌雪国，很难乾坤挪移变成曲径通幽的江南庭园。也许，我比较适合半路被掳去当压寨夫人的那种婚姻吧！

是哪一种女性，就用那一种女性的法门活着。活得有说有笑，最重要。

天堂国度可以靠两人共治也允许一人登基，不必遭受兵燹，也没有叛乱政变；平日不愁三餐一榻，神龛内燃烛供奉一桩自己的事业，也不虞迷路失途。这样的人生，还缺什么？

什么也不缺。皇城四周，任由寂然草与孤僻花遍野怒放，蜂来蝶去都不惊，四季甚好。

呷饭不忘饮泔时

最近,特别想起"呷饭不忘饮泔时"这句古谚。

不记得听谁讲的,但确信当时仍在饮泔吃糜的清贫时期,肚肠好比蕹菜心,是空的。照说生于战后第二代的我,不应有喝粥年岁,可能农村经济复苏较缓,加上天灾频仍,以致一路过着"时到时担当,没米煮番薯汤"的三餐。这使我至今回顾老家稻埕,总会叠上一堆刚出土的"番薯矿"影像,鼻腔内充满黑心肝地瓜的霉腥味。

老辈乡亲们嘴角边爱挂一串俚谚俗语,他们不认得字,字也不理他们,靠口耳相传从戏文、村人、父母听到三两句有道理的话,耳朵变成针,赶紧串在自己的线头上。不管走到哪儿,叮叮咚咚话珠子就响了:"爱花连盆,惜子连孙""细汉偷挽瓠,大汉偷牵牛"……我们这些大人口中的"夭寿死囡仔、膨肚短命"懂什么?鼻涕未干、癞痢头尚未结疤,除了吃饭比较卖力,成天尽野,还真不懂大人说这些话时脸上的认真与态度的神圣。

不懂，但变成心肝里的馅了。被这串像嗡嗡嘤嘤蚊子的格言"叮"大的我们，从小被骂"夭寿"，居然没短命，还勉勉强强活出了人样。原以为少年离家，稻原颜色与井水滋味恐怕要永别了，但当发现自己口中溜出一两句俚语时，不免吓了一跳。在不断离乡的脚程里、追求知识的困厄内、体会人生的泪水中，隐喻于格言里的人生道理，不知不觉变成鞭策成长的另一条动脉。虽然想回头道谢，当初数话珠子的老辈乡亲们却已经叮叮咚咚地谢世了。

"呷饭不忘饮泔时"，意味：有饭吃的时候，莫忘当年穷困只有泔糜可吃之时。这话意义宽广，运用灵活。若锁定字面食物原义，说的是如今富有了，仍应勤俭，不可忘记当年挨饿滋味。

一个人一旦有能力脱离饥饿与断粮的阴影，可能需要一段过渡时期让他极度发泄、挥霍物质，以弥补过去匮乏时的心理伤害。如果，他的胃口只能容纳一尾鱼，他会烹煮三条鱼安慰眼睛。这是人之常情亦无须惊怪。不同的是，有的人能警觉自己的发泄状况，逐渐回归物质上的合理尺度过日子，在不虞五斗米的基础下去追求精神层次的实现。有的人就这么耽溺下去，让物质魔爪遮蔽眼睛，在内心世界挂起算盘，日夜拨弄不停。

如果，一个社会在脱离饥饿阴影之后，无限度地延长挥霍期，我们不敢奢望当挥霍变成生活习惯、贪婪抹黑朴素的美德时，什么时候才能开始追求不受物欲干扰的精神王国？我不难想象，当年吞吐话珠子的老辈乡亲，若有机会在台北都市见识最基础的物质习惯，他们一定会勃然大怒，詈骂现代人"讨债"，会被"雷公打死"。

致力于环保的朋友，积极推广"再生纸"以挽救森林，询问我的意向，我不置可否的态度使他颇为失望。也许，问题很单纯，一棵树能制造几令纸，为了不砍伐这棵树，我们利用回收的废纸去替代这棵树。但问题不止于此，当我们果真全面使用"再生纸"印制书刊、杂志，谁能有效地保证这棵树不被砍伐去制造原木家具、装潢和室房、民艺雕刻品，或拿着台湾森林证件去装饰建筑？

如果森林面临绝迹是个事实，到底谁砍的？砍来做什么东西？谁用这些东西？怎么用法？砍了之后谁该补种？这一路的推问与思考则超过了保护的单项议题，必须去面对这个社会从农村嬗变到工商的过程中，法治能力萎缩、善良德性败坏、朴实生活变质的根柢范畴。

如果个人积极响应再生纸制品，却酷爱使用原木家具或木质装潢，保护那棵树的意愿在哪里？如果在大量使用纸张的生活中，我们极尽挥霍，再去购买再生纸制品，这样的保护也只是表象。不管保护森林或是河川、野生动物，现代人必须先跟自己的欲望打仗，重新回归到物质的合理效用，并且尽其效用，所有的保护课题才有坚强的基础。

当我听到某家公司在牛皮纸信封上印七个空格，希望这个信封经过七个人使用后再被回收；某家影印行张贴小条子"欢迎双面影印"时，我感到惜福的美德并未被遗忘，我们不仅节约了开支，也为社会的资源付出小小的保护心愿。

我仍然赞成资源保护，但不是从使用再生纸开始，是从依照胃容量吃完一碗饭开始，这是基于对喝粥时代尚能说出格言的老辈乡亲的纪念。

记载一只笼子的形状

有一只笼子，形状怪异，几乎没人能正确无误地描绘它。就算那些碰撞得头破血流的人也不能够，我们只会抚着头说：我又撞到那只笼子了。

我也不例外。

在开始记载这只莫名其妙的笼子之前，我得先喝口茶，喜欢听故事的你，最好也喝一口水。因为，我不知道我会讲多久，现在是早上十一点正好十一分，我希望在十二点时结束这只笼子的记载，我们总得吃个中饭，打个午盹，我相信这些对消化这只笼子的形状有很大的帮助。

开台发现有一只笼子，是小学吧；我学了"笼"字，真有意思，为什么把一条龙关在竹部首内就叫"笼"？老师只说这玩意儿是用来关东西的，当然，关会动的、活的东西。这还用讲吗？死的、不会动的东西需要关吗？可是我仍然不懂，龙，那么庞大的玩意儿，用竹子或竹篾编的东西就能把它关得死死的？老师说，"笼"就是"笼"嘛，问那么多，会写没？不会写要打手心。可是，我受了一点打击，龙不是很厉害的吗？用竹子就能关，到底龙厉害还是竹子厉害？

我又问老师，鸡笼、鸭笼这我懂，那么，人住在屋子里算不算"笼"？老师说，傻瓜，人住的地方叫"屋"。

算术课教到"鸡兔同笼"，我又不安分了。当然，这种几只鸡几只兔的算术难不了我。可是，为什么要把鸡、兔关在一起？它们一定吵架的。老师说，傻瓜，这是"假设"的嘛。可是，我又"假设"了；如果把鸡、鸭、麻雀、火鸡、鹅、燕子全部关在一起，算不算得出笼子里有几只鸭、几只麻雀？我没敢问老师，因为这些全部是两只脚动物，而且不只两种动物。我想，还是快点毕业上中学，听说中学会学方程式之类的，说不定可以解决这个问题。

至少在上中学以前，我不再想"笼子"问题。那时候我最向往的是上台北，每年暑假我有机会上台北玩，可是必须等割稻、晒谷等农忙之后。有一回，农稼完毕，可以上台北了，却莫名其妙刮台风，误了行程。阿嬷说，要去可以，先把田里的竹叶、竹枝刺、石头捡干净再说。台风过后田里的积水冷滟滟的，我赤脚捡得很勤快，偶尔直腰看着透亮的蓝空，那么广阔，我感动了，心里冒升一股热情：我要去台北！我要去一个更广阔、更无边的世界，我一定要。

十五岁，我拎着行李上台北了，像一个跨出家门即不准备回头的孩子，像一个征服者。因为，我相信没有一件事、一个地方是我无法征服的。

后来，我知道"笼"字只是个形声字。换言之，不见得关的是龙，鸡、鸭、兔可以关，人也可以关。最早是竹子做的，现在可不一定了，石头、木条、钢铁、水泥……甚至是某种肉眼看不见的材料。更重要的是，不只关活的，死的也得关，譬如"棺材"。

台北没有征服我，我被自己困住了；当我发现台北只是个大笼子，而人生好像是由很多个笼子组合而成时，我被"一生恍如一场牢狱"的感受打败了。我想挣脱，可是不知笼子的出口在哪里。

又来了，笼子的思考。我想，鸡、鸭、麻雀同笼的问题还好解决，这有复杂的多次多元方程式可以算。但，如果笼内关的是一群人，什么方程式可以算出谁是好人谁是坏人？如果自生至死是"时间之笼"，什么样的斧头可以破？

我又想，若无法破笼，那么笼子的形状就决定我们观看世界的视野。井底之蛙看到的天是圆饼形，木条笼内的人看到的天是一连串长方形，没有绝对的好人、坏人，只有圆饼形人、长方形人、三角形人……

既然都得关入笼子，那就自己造一个吧！于是，我以创作建造自己的笼子，这笼子必须很大，容纳得下圆的、长的、扁的……各式各样的其他小笼，又能经得起时间的考验。我想，一个人要挣脱笼子是不可能的，但是，总可以自己决定笼子的形状、大小、材质吧？最重要的是，不能关错笼子，必须选一个自己最爱的，在里头焚烧生命，即使餐风宿露、水潦火劫也不悔。

我快乐起来，因为，我有能力建筑自己的大笼子。

现在时刻十二点整，如果这篇文章也算个小笼子，的确依照计划竣工了。我把你们关在笼里四十九分钟，现在放你们走。

香皂与卫生纸

> 他们在共同生活了三十年之后,险些为某一天浴室里有没有肥皂的事儿闹得各奔东西。
> ——加西亚·马尔克斯《霍乱时期的爱情》

如果,你认为我不务正业开始对"香皂"与"卫生纸"等浴厕用品产生兴趣的话,你的确对了一半。

首先,我必须承认我对"香皂"与"卫生纸"的功用所知不多;除了不断繁殖泡泡与不断用来擦拭的功能之外,这两样东西很难引起人们对它产生敬意、激动或痛哭流涕的情绪。因为事实告诉我们,如果你对一张雪白卫生纸产生敬意而痛哭流涕,你终究必须用它来擤鼻涕。

但事情有了转变。贝多芬能从现实生活中一段讨债的对话获得灵感,谱写成某部四重奏里的一个乐章——"非还不可吗?""非还不可!"压低嗓门以缓慢、严肃声调念出这两句，的确有点像命运之神或死神的命令。所以，我们不可再忽视生活中的芝麻、绿豆、蒜皮甚至一块肥皂、卫生纸的作用。当我们撒上灵魂的金粉，这些玩意儿马上金光闪闪，在我们不断辩论真伪的生命议堂里坐上首席位子。卫生纸——据我的形上思维所理解——是上帝派来的白衣天使，因为它抽不出时间替每个人擦屁股。

故事是这么开始的。

马尔克斯在《霍乱时期的爱情》写着八十多岁乌尔比诺医生和他的老妻费尔米娜有一天吵了极严重的架。事情是由一件不值一提的日常小事引起的。乌尔比诺医生洗完澡后，用不太友善的语气说："差不多有一个星期，我洗澡都没找到肥皂！"

这话让他的七十多岁老婆听了很不舒服。以我对女人的了解，这种不舒服包含几种"激素"（激动的元素），她的内心必定有些未说出的反应，请允许我用我的方式来说：

第一："哦！浴室没香皂！你没手没脚不会自己去拿？什么事都靠我，当你老婆四十多年，伺候你吃香喝辣，你命好我就奴才啊！老娘豁出去啦，不拿就是不拿！爱洗不洗你家的事，最好你全身生'仙'（垢也）抓到'流血流滴'去看皮肤科！"

第二种反应较温和些，她会这么想："我怎忘了真是的！三天前就没肥皂，当时衣服已脱懒得出来，心想洗完再补，一转身又忘了！老年人脑筋就是糊,我大概有老年痴呆症了！"

做老婆的如果马上去补块香皂,事情也就罢了。偏偏第一种反应在她心里作祟,一口冤气没地方去；她当然知道浴室没香皂是个事实,可是乌尔比诺医生不太友善的态度激发了她的作战本能。她对眼前刚出浴的,满脸皱纹、没牙齿、行动迟缓、肌肉松弛的糟老头子简直有点恨——居然他是我丈夫！居然我忍受了三十多年！于是,费尔米娜女士刹那间忘记自己已是七十多岁阿婆,以为自己仍坐在年轻貌美那把金交椅上,遂厉声地对"那团肉松"发威："我天天洗澡,每次都有香皂！"

老年人最忌讳别人怀疑他的记忆力,比鞭笞自尊还严重。事实上没香皂也只不过三天,医生老爷硬记成七天,老婆嘴硬不承认,还编派谎话激他。于是旧柴新火,噼啪燎烧,数十来年夫妻缱绻能换几桶水啊！骂红了眼,说绝了话,滚烫烫肝火一提,冷冰冰横眉一竖："你祖宗八代全给我滚出去！"

戏文往下看,当然分房、冷战、不讲话。运道好的呢,有人居中调停,搓搓圆仔汤,东挖西补勉强搓圆了；情况差的,像乌尔比诺夫妇,甚至必须动用上帝来裁决浴室的肥皂盒里到底有没有香皂。不过,老婆子贼透了心,硬是不肯上教堂,这节骨眼最能领略女人的熬功,铁砣心肠跟他熬下去,熬到老爷子无计可施、气力衰竭,那就胜利在望了。果不其然,胖嘟嘟的老爷子撑不下去了，下结论："你说得对，浴室里有香皂。"当晚，二老同床，一宿无话。依我想，这晚也不是没话，老医生会这么自忖："四十年来都让她了，不差这一次！"老婆子也有心思："八十多了，他能有多少日子活？让让他吧！"二人各找台阶下。天明起床，分外体贴恩爱，少不了一点忸怩场面，犹如新婚。

这么一蘑菇倒让我想起另一桩"卫生纸公案"，而且不折不扣是现代台湾版。

有一对老夫老妻退休在家，儿女们各自飞了，剩二老养花莳草逗逗黄莺鸟。某日，吵架了。

吵什么呢？吵上厕所一次该用一张卫生纸还是两张？公说两张，婆说一张。一包卫生纸多少钱，值得二老脸红脖子粗吗？话不能这么讲，依我看，这卫浴梁子打从年轻时就结下了，只不过那时外有上司同事可吵，内有甩鼻涕孩儿可骂，没闲为区区薄纸结案。这回退休了，子女成家，眼前无处动刀，于是翻个旧案批一批。有人就问了，岁数一大把，风风雨雨家计民生多少案子，怎就记牢这桩？毋庸置疑，这是个慢性瘤，年轻起就陆陆续续积病的。

比方吧，送礼做人情，先生说："一斤上好乌龙茶体面些。"太太说："半斤包种茶就够了，用盒子装，看起来一样。"红白帖子得应付，先生说："包两千元好看。"

太太说："一千就好了，人家富，不差你一千；人家穷，多你一千救不了急,咱们得过日子。"先生抽烟,抽洋烟,太太枕边有话:"你能戒就戒,戒不了改抽'长寿',一包洋烟够买一包'长寿'加半斤黄豆磨豆浆。"先生烦了,忍不住嘟囔:"人生够乏味了,抽个烟你也要管!"太太理直气壮:"我不管,谁管一家六张嘴巴等吃等喝的!要气派,你有本事叫薪水袋变厚,我没话说!"先生恼了:"你有完没完啊你!成天钱钱钱,你被钱糊了眼睛,老公跟人跑了也看不到!"说毕,翻身睡去。

大凡处心积虑、操劳过度的人疑心病特别重,掐个芽眼她能想成大树,更别提羽毛变肥鹅的例子。先生这话原是激发激发她而已,岂知做太太的寻话开始吐丝结茧,眼前一黑,仿佛看见这打不死的臭男人正搂着小妖妇偷腥,于是眼泪一汪一汪滚下来,枕头湿得一大块,暗夜无声(除了她老公蒸小笼包似的鼾),一肚子委屈。

女人家的利落工夫不因心情恶劣而疲弱,她天明即起,仍旧不忘把哭湿的枕头抱出来晒太阳,可她那张脸晒不回去了,青辣椒似的,一开口就辣你,布菜摆碗仿佛武馆练功乒乒乓乓。从此讲话带钩带刺,有意无意编几个天理报应的闲话,或谁家男人不规矩,抛妻离子后来又如何如何狼狈潦倒,不外乎叫家里男人警觉警觉,充分发挥讽喻文学的精神。

问题来了,话说多了没个人也有个影,做先生的在家不得意,自有得意处。况且男人仗着比女人多一块歪骨,岂有辜负的道理。咱们这社会七荤八素的玩意儿多得很，处处引诱犯罪，时时鼓励作案。实在讲，也不能苛责男的女的老的幼的行什么勾当，毕竟人是肉身泥巴团，哪边凉快哪边站，站久了，不免打点野食、猎个艳。就算家有悍夫、悍妇紧迫盯人也没用，这些深信严加管束即能防患未然的人显然不懂什么是"船过水无痕"，什么叫"智能型"犯罪。这回夫妻俩要拌嘴的，不是一斤半斤、一千两千，而是一生只能爱一个人或是可以爱两个人！

太太是"一贯道"——吾道一以贯之，当然只能爱一个名姓；先生说不定是"太极生两仪，两仪生四象，四象生八卦"，人生乏味，红粉知己多多益善。这下子戏文真热闹，那些沉甸甸的重语，八人大轿抬它不动；热烫烫的泪，十个海碗盛不了。要离嘛可惜，不离嘛可恨。墙壁上一帧结婚照还恩恩爱爱，分明看这两人日夜缠斗；抽屉里结婚证书仍用锦箧收着，可那上头又搁了一叠悔过书、验伤单。看看这些人生奇景，真不晓得万家灯火一齐熄了，躺在每一张床上的双双对对，哪一双是还愿夫妻，哪一对是讨债男女。

愿也一生，怨也一生。还愿的，趁了愿终究要合上戏本；讨债的，本金利钱也有个定数。朝各自化尘化土，戏棚子也拆了，谁还记得香皂、卫生纸这等俗事。美丽与悲哀的记忆自有情窦初开的男女捡了去，可是我们有名有姓的人生不会再来，像化了泡泡的香皂、溶成糊的纸。

两床毛毯

在浮夸的末世荒城里,我像一只伤感的鹰,停栖在暗夜的一棵枯木上,眺望远处、梳理记忆,搜寻那些在航飞过程中我眼角微湿的故事。总要找出一两件事、一两个人,带着它们跨过世纪门槛,提灯一样,才能在新世纪里安顿。

他是社区警卫,五年前就已瘦得像一截沾雪老树干。他惯常沉默,不是因为上了年纪或脾气古怪,而是一种自在清明的沉默;仿佛看多了人、尝遍了事,知道人间是怎么回事,也就不需多言。

"看到没?以后要用功读书,才不会像他一样当工友,知不知道!""知道。"小公园里,一个妈妈看他推着单轮推车到处整理废园,趁机对小孩进行机会教育。

他没听到,但我想他知道。尘风不能蒙蔽玫瑰花园的丰采,乌云倒影也不会改变河流的清澈吧!他没有分别心,义务帮社区人家整理园子,尤其是那些未住人的荒院,他救活花木，默默布置社区入口的花圃，多余的盆景就运到喜欢园艺的住户门口，也不留话，他想有心人会懂得另一个有心人留在空中的气息吧！

你无法报答他，当你发现门口的信箱太小老是塞不进杂志，忽然被他的巧手改成大信箱时；当你发现摇摇晃晃的院灯也被旋紧时；当你又发现不知哪儿来的花木装扮着你的花台时，你才知道你这个每天出门去斤斤计算的一抔土是无法报答巨岩的关怀的。

可是，不利于他的言语开始溢散。有人指责他只帮某几户理院子，却不帮他打扫门口；有人说他年纪大了，社区需要孔武有力的人以维护安全……真正的原因是，他知道太多事情，包括角逐委员会总干事的两组人马如何明争暗斗，包括选举时原本要用来贿选的金钱如何落入某人口袋，以及每个月有点奇怪的小工程账目。所以，牺牲一个老警卫，是那撮人仅有的共识。反正，他只是个警卫。

就这样走了，不知去处。直到有一天，公司楼下的警卫伯伯说有人找我，就在警卫室昏暗的角落，我再次看到他。他说："从报上知道你在这儿上班，今天有事得办，从桃园上台北来，顺道把东西带来。年前回大陆探亲，经过香港买了两条毛毯，用不上，送你们姐妹，冬天保暖。"

"你们姐妹，都是对社会有贡献的人！"他诚恳地说。

我欣然接受。不只是收毛毯，是收一个长辈对小辈的祝福与期许。借着这份期许,我知道不管在末世荒城也好,险恶行旅也罢,我这一生要找的珍贵之宝,其中一项叫作"人的尊贵与厚重"。

编 织 的 午 后

你送我走下小山坡,我们看着桥下的溪水在雨季之前,轻轻地灰绿着。

路旁几名妇女正在绕绳,她们以乡下人的美德招呼:"来捡绳,好用的呢!"许是某家工厂结束营业,整箱地出清,黑的红的黄的,带弹性的尼龙绳,约小指粗,她们绕得好乐,面条儿似的。我不知这种绳子与我的生活有什么联系,看它光鲜鲜地被扔,怪可惜的!也许可以用来搭个小型茑萝架,或编一只网袋……你快乐地向我道再见,加入"绕面条"行列。我走了几步,回头说:"这样吧,你寄小杂货店,我回来再拿!"你拂了手:"不重不重,我拿回去,小山坡而已!"

绳子是这么来的,一大袋笨重。那个飘小雨的午后,你如何背着它走上小山坡呢?溪水更浊了,珊瑚刺桐的红火烧黑了天,你大约没见到。你的烈性热肠就是不改,给人东西,总是超乎想象的多,又亲自送到门口。

连续几日雨水，处理琐事的空档或片刻安静的辰光里，偶尔推敲绳子的姿态。虽然不很认真，但它却像一条隐形的绳索梭游于我的日夜与餐宿之间。我会给它结论的；像人生情事，一旦起了头，在摆荡的光阴里看似无所归结，其实正缓慢地滑向结局。错乱纠结的绳，必有两头，盘眠的长蛇必有首尾。心思细腻的人会在杯水对饮之中、挥手告别之际、争辩的字句之间，看到最后的归结。

那一日，阳光烈了，顺手晒绳，替它找头绪。懒懒地牵一头绳子在屋内闲逛。地下室有一把不乖的椅子，前任屋主留下的，还不到缺胳臂断腿要扔它的地步，可是它的坐板老是诡异地脱臼，吓我一跳。虽然用榔头打一顿，它照样欺负我与客人的臀部，干脆送到地下室管训。一条很乖的废绳，一把桀骜不驯的木椅，干脆给它们说媒。

午茶时间，你来小坐，共饮一壶清香水。我们从绳子起头，漫无天际地说起一只嘴馋的毛毛虫啃噬你的兰花叶："真贪，吃完一叶再吃另一叶嘛！""毛毛虫懂餐桌礼仪，它叫'人'啦！"我说，继续以红黄二绳交错绕于椅板间，形成对比图案。

安静的周末小雨，仿佛有人在看不见的空中编织你的白发、我的黑发。我顾着说话，没当心绳子在板底翻绉，难怪板面拢不齐。"做人也一样，一步错，步步错！"我懊恼着，只好从头改。你附和我的语义，叙述孤军奋斗的一生，也算见识一些荒腔走板的人，如何自埋于功利沼泽。"千金难买一义,可有些人不这么想,一块方糖,他也卖了。再也没有比开得出价码的灵魂更便宜的了!"我想起见利忘义的人事,有此一叹。

人与人面貌不远,心的距离遥若天渊。我仍然坚信,读遍古典今籍,无非要以一生在众人面前走正义的路,若灵魂可以拍卖,正义可以典当,何必多此一举走一趟人生?"任何饥饿年代,贪婪社会,都必须找到比活下去更重要的东西!"我说。"有的人只看到今天,眼前便宜吃了再说!"你说。人的一生是无数点的连续,每个分割的今天串成我们分内的时间长度。就像这些绳子,从我们看见它的的那一霎开始,你如何捡拾,如何背回来,如何闲置在雨天里;我如何构想它、晒它、替它找配搭,这些点点滴滴都应该纳入绳子的总体意义里。我不能说,此时此刻正在编椅的绳子才是绳子;如果这样想,我的灵魂可怕了,那意味,我已经全盘否认你为我背绳子的心意。当一个人只会赞赏自己,不义的鬼已经附身了。

昨天,你摘一朵玉兰花给我。我想到,那是今年的第一朵,你等了一年,为它灌溉、施肥、除虫,终于开出第一朵。你那么慷慨地说:"送你!"我感到比一群翡翠鸟在头上回旋还幸福,你爱我比爱你自己更优先。如果,我不从时间的延续看待它,就永远无法体悟这朵小小玉兰的尊贵;如果,我第一个念头是一朵玉兰市价五块钱,那么,我的灵魂只值五块钱！一个人为了吃尽今天的便宜行不义之事，他忘了明天还得活着做人，当明天的人指责他在昨天的不义，他如何倒提时光回到昨天修订行止？

单点思考的危险性在这儿，任凭日后懊悔、谴责，无法敉平人格的裂痕，就算死亡，也无法带走尚活的人的记忆。如果他吃的只是一小块方糖，被十个人记忆，等于十块方糖的容积；若吃一头牛，等于十头牛；假如偷吃一国，则会被百千万亿人痛恨百千万年，这就是历史。我每想到此，胆战心惊，哪敢在平凡人生里走不义的路，做不义的人？生命终将归还尘土，再也没有比洁净、尊贵的灵魂更能配享花的馨香、树的翡翠、人的敬重了。死亡会溶解你的白发、我的黑发，抹糊你的脸、我的容颜。但当你躺下，我会不断复诵你美丽的灵魂给周遭的人听；若我远逝，你也会变成说故事者，描述这个寻常的下午，我们共同编织的美好时光。百千万亿年前，这个星球有了人，靠着不可计数的、愈来愈尊贵的灵魂来到今天，则你我的美丽，不单完成自己，也将加入无限的延续之中。

无限的延续，靠每一个诚恳的单点。绚丽的椅子在我手中完成，到处都有桀骜不驯的椅子，但一定在某处路旁，还有强韧的绳。到处都有不义的故事，可是在灰旧屋檐下，也有执手相看的人。他们也像你我，因义而行义，因爱而布爱，因编织的缘分而原谅了生活中嘴馋的毛毛虫。

追 光 者

悬在乳色墙上，朴实木框裱着的《日出·印象》看起来非常笨拙，我有点挫败，整个客厅好像中风。那是去年寒流吹袭下某个黄昏的事，仿佛自窗口倾倒墨汁，夜色渐渐啃咬那幅复制品，滋滋有声。

他的画有一种温度，光的体温。在不同地域与季节，阳光、气流、距离与物体质感，共变而产生多层交叠的光影、色彩。从捕捉瞬间景致至完成一幅画，必然经过数日甚至数周，包括焚毁的败笔之作，他如何保留初始的美感印象，并且精确地设定距离将之再现，是令人饶感兴趣之处。在客厅现实里，初始遇日的那一景致，快速地在时间中幻变；阳光弱了，色泽加深，甚或突来的风速亦可能改变景貌，就算画者仍然伫立原地，也无法眼见原景。遑论一百年后观画者无法在客厅现实重见"夏琳渡桥雾中烟云"或"柯荷兹河谷——夜晚的印象"，对莫奈而言，在他目遇的下一刻，那景致可能也是消失了的,那么,他极力捕捉的光影,其实是永远消逝的时间。

进门之后,很自然基于视觉惯性首先看到墙上的画;屋内陈设着一个平凡人日常生活所需的各式物件,虽不至于壅塞,却也各自割据。然而每个人进门后,总是毫不设防地被那幅画吸引,问:"谁的画?""你说呢?"我总是不怎么负责任地答。谁画的似乎不重要,当观赏者无法从其知识系统找出答案后,立刻问下一个问题:"画什么?""你说呢?"有趣的是,我旁观着毫无心理准备的人站在客厅观看一幅复制的画面,沉默、质疑、若有所思,退后几步,羞怯地说:"日落吧!"另一面正值青春飞扬的人却不以为然,说:"日出!一定是日出!"年迈的说是日落,年少的说是日出。我想都对。

他如何保留初始的美感竟是一种奥秘了。我猜想,当他醉心于黄昏的麦草堆,天色渐暗,推着小推车返家途中,他的感官是否为了保留最初美感而处于绝食状态?他视星夜灯影如无视,看次日晨光亦若无睹,纯粹地养护记忆中那瞬间的美。这近乎宗教信徒般的虔诚情操,使人脱离凡夫俗躯接近了神。"灵柩里的卡蜜儿",我想,莫奈作画时已遗忘她是他最亲密的妻子,忘记他们共同拥有的筋络交错的柴米人生,卡蜜儿只是一个光影舞动的捕光器,与麦草堆、山峦、拱桥无别。只有在向友人表达忏悔:"天啊!我看那死亡女人,心里却想着光影在她脸上的变化。"这时,莫奈才恢复成一个被称作丈夫的男人。

昨夜有雨，水珠凝结在铁窗的横条上，冷钢被洗得宛如银白枯骨，悬着精致的珍珠。晨光照射，从我的角度看，忽然发现水珠幻变成红珠、橙珠与靛蓝珠，闪闪换色，这一偶发的光影令我不敢移动，我开始慢慢倾斜视线，推近、移后，仿佛怕惊动一群小憩的幽灵，又贪婪地想要探测它们的各种美好。我终于找到一个观望的姿势，定格，然后不可避免地看到在我头上的《日出·印象》正与数盏昏黄的顶灯嬉游，我的现实人生忽然完整地溶入百年前的潮浪里，正在日出。

北上 野鸟,从眼前飞过

雨 神 眷 顾 的 平 原

兰阳平原的孩子，首先认识的是水：雨水、井水、河水、溪水、湖水、海水、泉水。每一款又各有流派，譬如雨，春雨绵密、夏雨夹雷，一年两百多天自成一本雨谱，宜兰人恐怕大部分在雨天出生，死时听着雨歌敛目。

宜兰地形长得大胆，像一只从山脉跃下，打算盛海的"水畚箕"，众水汇聚只好归诸天意。这就难怪宜兰人长得水瘦水瘦，一街子来来往往，没几个胖；男的像瘦石，女似竹，眼睛里七分水意三分泪意，好像一生都是湿的。

宜兰人天生带山带水，性格里难免多一份巍峨的柔情，与人订交，动不动就靠近山盟海誓，且在浪漫中又自行加工"舍我其谁"的义气；可是，一旦出现严重裂痕，让他铁了心，其壮士断腕的气概又十分悲壮。这两种极端性格糅合在宜兰人身上并不难理解，柔情属水神后裔，悲壮来自先祖垦拓遗血。祖先们攀山越岭历经艰险，终于在溪埔、河畔落脚时，难免仰首大哭，自后柔水钢刀性格便定了。

所以，鸭赏、胆肝与金枣糕、蜜饯成为宜兰名产，外地人弄不懂怎么"咸得要死"与"甜得要死"可以一起出品？只要了解宜兰人性格就懂，它总是加倍给，爱与憎、同志与异类，每一种情感推到极致，要不顶峰，要不深海。

"你们宜兰人带叛骨！"出社会后听到这样的评断，分不清是褒是贬，也许跟早年党外运动有关。在我看来只说中局部要害，热诚敦厚的那一面也应该含。不过，有时候我也会疑惑，时常偷袭内心世界的那股感觉：仿佛风雨鞭笞的海平面下，一团火焰欲窜燃而出，是否即是叛骨的变奏？有趣的是，在我的乡亲长辈身上也看到同类轨迹，其不安与骚动的劲道，好像跟每年夏秋之际的强台成为神秘呼应。这些，大约就是根性吧。

宜兰人讲"劲水"，是动了真感情的，短短二字绕了九拐十八弯，声音极尽缠绵。我到台北来，首先被取笑的是宜兰腔，他们觉得听起来"很诡异"，我说他们的腔是吞石头喷砂，双方因此坏了友谊。"日头光光，面色黄黄，酸酸软软吃饭配卤蛋，吃饱欲来去转（回家）。"这几句成为辨认宜兰腔的范例。早年我没注意这些，有一次买水果，试吃一瓣橘子喊声："劲酸！"老板马上换了表情："宜兰的！"喜出望外，自家乡亲一切好说，他像不要钱似的猛往塑料袋装橘子，我是八十给一百不要找，他坚持八十算四十，两人一面"推托"一面"牵拖",把宜兰县市地图复习一遍,总算在远房的远房亲戚那边找到更进一步的交集。这种萍水相逢的恋恋不舍,非常有宜兰味。如果你见过两不相识的宜兰人在他乡巧遇,那种攀山越岭的"关系考古"令人侧目,最后的结论可能是:这人的表姐的厝边的女儿嫁给那人的厝边阿嫂的娘家堂弟。总的说,是亲戚就对了。三山一海的平原里,装着水粼粼的人情。

我生于六十年代初,大水灾后第三日。母亲记得很牢,台风那天屋顶被强风掀了,大水灌屋约膝盖高,她躲在神案下流泪,肚子里是头胎,眼看要落地了,她说她全心全意命令我:"不要出来!"要是我不知好歹硬出娘胎,那节骨眼恐怕是死路一条。六十年代初,宜兰农村仍是茅茨土屋与油灯的日子,一条碎石窄路弯弯曲曲带几户竹围散厝,一旦强台登陆,天地俱死,谁也救不了谁。怪不得母亲要阻止我出世,没产婆、没床、没热水,怎么生?我至今仍很得意自己懂事甚早,要打人生这一场仗,至少得生在干净床上才行。

我家离罗东镇走路约一个半小时。据说罗东是噶玛兰语"猴子"的意思。想当年,那一带应是杂树丛林,猴群荡枝嬉戏;或说有块大石形状如猴,据此叫了下来。我想石猴不如泼猴热闹,也符合罗东成为商镇的事实。就行政区分,我们那村属冬山乡武渊村,路名叫武罕,后来才知道武渊、武罕都是平埔族噶玛兰人之社名,据此音译而来。洪敏麟先生编著的《台湾旧地名之沿革》提到，武浦是"篮"之意，武罕为"新月形沙丘"，意涵丰富，可以想象那是野姜花与流萤栖宿之地，稻谷偕游鱼看同一朵浮云。

我们那里的住民虽以漳州籍居多，经与封闭的天然环境及噶玛兰族渊源糅合之后，自成独特生态。我小时候常被奇异的地名弄得神魂颠倒，老一辈聚在稻埕闲话，奇武荖、阿里史、打那美、利泽简（音"吉利简"）、鼎橄社、珍珠里简、加礼宛、猴猴仔、马赛、武荖坑等生龙活虎的名字嵌在"酸酸软软"的水腔里，一段家常话听起来像破浪行舟；而三堵、隘丁、壮围、二结、三结、四结、五结……又似刀斧械斗。家常语言潜移默化了社群性格，我相信不知不觉中，除了汉人入垦的实况仍震荡于喉舌间，噶玛兰等音影亦如唇上凝结的露珠，闪烁出他们是兰阳平原先驱者的历史。事实上，说"他们"是不当的，要是有办法证明我的家族没在入兰以后参加"混血工程"，我反而会伤感，那表示先祖们没对族群融合做出最起码的事，总是有亏。虽然，都过了两百年，但一块土地的历史需要后代用更大的气度与虔诚去保养它，不然子弟不知道自己的身世从哪里开始。

站在我家大门往前看，通过广袤的稻原，最后视线抵达一列起伏的山峦。接着，想象左翼有条弯曲的河，离家门最近的扭腰处，约一百五十公尺，她就是"冬瓜山河"，现在被称为"冬山河"。

我一直无法接受她成为风景明媚观光河的事实。离开故乡那年，她开始接受整治，逐渐变成今日面貌；没有亲见她转型的过程，保留在记忆里的，仍是她旧时的剽悍与沛然莫之能御的水魔个性；我还保留着一大段流程中两边田野只有一间凋零古厝，烘托出她的孤独的情景。我喜欢坐在屋顶上，隐身于苍郁的丛竹间，想象低飞的白鹭鸶正沿着她的身体投下倒影，想象她抵达海口，终于释放被禁锢的灵魂。飘浮在乡野间的多神传说，让愚驽的我自然而然形塑她的神格，点拨忧伤、鼓动幻想，甚至在不可言喻的压抑下，期待她借着强台而破堤决岸，赎回狂野与自由。

她，带来大水。水，漫入屋子的速度如厉鬼出柙，驱赶几条不知所措的长蛇及鸟尸、浮糠、枯叶，浩浩荡荡冲入大门，瓦解屋舍是人最安全的庇护所的定律。苍茫暗夜，一切浸在水里，无边界的漂泊感在我幼稚的心内种下一株清明：毁灭与永逝乃动人的暴力。强风咆哮，折断竹身，随势横扫屋顶，砖落瓦碎的声音如细针掉地而已；滂沱大雨摔击屋顶，耳膜只接收巨大鸣响，无法听辨身旁人的语句。我与家人在谷仓抢装稻谷，一包包麻袋扛至木板床上，耳边拾得几声猪只恐惧的惨叫，或扛谷至床上、粗暴地指挥幼弱的弟弟让路时，他那谨慎的哽咽。

忽然，两条男人的身影闪进来，各自穿着连身雨衣，撑一支长竿，手电筒光芒微弱地闪动着。他们住在距离颇远的村头一带，半路上遇到了，都是打算到我家探安危的，遂一起持竿探路，走了几倍长的时间才在渺茫黑海中摸到我家。他们利落地整顿谷包，沉默且肃然；临走前，又合力把我父亲的灵堂架得更高，玻璃罩内半截蜡烛，如海面上不忍漂离的孤灯。

多年之后，我才发觉自己陷溺文字世界，是因为贪婪地想搜罗更多的唇舌替我抒发抑郁——来自那一条母河长年的鞭打；我愈从文字里显影她，愈了解自己的生命能量乃是从她身上接泊的事实。她用一把锋利水刀，砍断我那扎入故乡泥土的双脚，挑亮那双痴恋蔷薇不愿远眺的眼睛，她把我赶出新月形沙丘，只交给我暴烈的想象去未知世界构筑自己的人生。即使是最落魄的时候，我在异地街头行走，依然感受她的刀尖抵在背后，冷酷地下令：不准回头。

宛如门神的龟山岛出现在火车右侧，整个太平洋吟诵远行之歌。十五岁那年，我忽然可以理解，在我之前无数离开兰阳平原的子弟，坐在火车里凝视龟山岛的心情；怯弱夹杂悲壮，他们可能趁火车驶入隧道时悄然抹去薄泪，肃穆地在心底为家乡种一棵承诺树，等两鬓霜白，会返回多台平原，回到雨神眷顾的所在。

缝 纫 机

那台老式缝纫机大我一岁，搁在五十年代女人的闺房。记忆里，它像一列小火车快乐地奔驰着，除了幼年衣服全是它跑出来的特殊情感外，缝纫机女主人曾在"捉到"我乱动机器时给了我谅解的微笑，这些，使小火车不必驾入伤感的山洞。母亲善缝纫，布匹在她手中犹如笔在我手上。小时候，我常在放学后坐在门口用小钻子挑开旧衣服的针线，让她车成漂亮的童装。卧房不断传来轧轧的踩动声，以及为了招引夏风，她那轻快的口哨。为了让她赶快做好新衣，有时我会拿竹扇帮她扇风，缝纫机奔驰的声音，真像火车快飞。拆过太多衣衫裙裤，我对衣服的组成有了概念，渐渐地也对一件长裤如何改成小背心感到强烈好奇。母亲工作时，我曾趴在地上观察车轮与踏板的互动关系，也默默牢记操作方法。但她多次告诫我不可乱动缝纫机，免得断针、咬线。

我的坏脾气是愈不准碰的愈要找机会下手，她前脚踏出家门，我后脚溜进房里，尚未完工的布片定在台面。我学她拨下车针，用力踩踏板，车针像一头发狂的野狗在布上乱跑，我非常快乐，愈踩愈快，忽地戛然而止，咬线了，任凭两脚猛踏，野狗已暴毙，一动也不动。我知道闯祸了，不仅布片完蛋了，若机器报废，恐怕我得瘸腿走路。我赶紧找出螺丝起子，凡是能拆、能卸的，莫不大体解剖，缝纫机看起来像机械骷髅。就在我发现卡在内梭部位的一团乱线时，"你在干什么？"母亲呵斥。许是我吓破胆的表情让她不忍苛责。她不说话，根本不需工具即揪出线头，重新恢复缝纫机模样。这回我看清楚如何安内梭、换针、牵线穿针，她用很慢的速度进行这些步骤，就是教我的意思。

"会了吗？""会了。"我说。"骂她不如教她"，母亲的好脾气化解很多冲突，若当时她揍我一顿，我一定会找第二次、第三次机会直到搞垮她的缝纫机为止。她只用五分钟的和平技巧，让我从小会替布袋戏玩偶做衣服，现在替自己车百褶裙，就在那台缝纫机上。我问母亲："你看到缝纫机被我拆成那样子，不生气吗？"她说："等你有一天当老母，就知道了。"

皇历名词

1. 入宅

乡下人的迁居大礼是很隆重的事，不但马虎不得，而且禁忌、礼数繁多，不小心坏了彩头，若是小孩子，就要被掌嘴了。

比如说，搬家那天，不能穿大红衣服，以免惹"火"进门；医疗用具或药品也不能带入门，只能先搁在阳台或廊下，日后再悄悄拿进来；门楣上要悬红色喜布，礼拜天公、地基主等神；要搓红汤圆志喜、办桌宴请亲朋好友和左邻右舍。人一多，人气就旺，人气一旺，以后就大顺大利了。

最重要的是，入宅这一天，不管多累多困，不到天黑是不能倒在床上睡觉的，因为这是最不吉利的事，表示以后有人会身体不好，甚至缠绵病榻。

乡下人安土重迁，所以视入宅为一辈子一次的大典，也许是这一份尊敬与爱惜，使得他们对家园的情感根深蒂固起来。

2. 安床

在老家，阿爸阿母房里的那一张通铺大床底下，一直是我儿时的想象世界。有时候像另一个时空，有时候是悬崖旁的渊谷，有时令我想到地狱。

木板与木板之间常有空隙，其中有两片木板合并起来会围成一个圆形缺口，那是另一个世界的入口。我贴着耳朵听，常可以听到钱鼠的吱吱声或是蛇嘶，我猜想。另外，那儿也成为一处堆栈，写秃了的铅笔、钝了的牛刀、死了的金龟子、弟弟的纸牌、玻璃珠、阿母做裁缝用的皮尺、碎布、线轴、撕毁的奖状……这是自己跟自己玩的魔法，让许多东西再也找不到了，而事实上存在着。

这个游戏影响我到现在。有时我仍会从口袋掏出数枚铜板往床底下打水漂儿，假装那是一口水池，断了线的珠子也让它滚进去。铜镯、护身符、信件、小卡片、原子笔套……只要是不见了的东西，我相信都在床底下。

3. 整手足甲

安床的时候，最重要的是，留一方足以驰骋的空间，让床铺上是可以想象的稻田，而床底下是不可开采的精神上的油井。

刚出生的小婴儿，指甲是软的，洁白、细致，像海洋送给他们的二十枚小贝壳，发出透明、闪烁的光。

婴儿渐渐成长，指甲也转硬变长，有时揪着小拳头，指甲扣入肉里，弄得伤痕累累；甚至，吃奶的时候，在母亲的雪胸上抓出一朵螃蟹兰。

第一次帮小婴儿剪手足甲，常常是趁他们熟睡的时候。松开小拳头，用湿毛巾擦去手心的汗，再拿指甲剪逐一修齐、磨平，像是悄悄夺走他们手中的利器，重新做一个和平主义者。

婴儿不会为了指甲被剪而哭闹，可能是海洋在遗赠之时即已应允："让他们剪吧，我会给你更大的！"

4. 厝漏

乡下老厝若是年久失修，总会窜风漏雨的。尤其是穷人家，连屋瓦也没铺，只钉上木板条铺一层油毛毡了事，挨了几年狂风野雨、晒够几岁毒辣太阳后，再经顽皮小孩爬上屋顶捡球、打麻雀，踏得油毛毡都皲裂、翘皮了。每逢下雨，屋内就大珠小珠落玉盘（喂鸡鸭的破铝盘，用来接水的）。

我家就是如此。

所以，每年夏天，农忙之后，父亲总会从建材行买大匹的油毛毡回来，自己剪自己铺。父亲过世后，家里又开始漏雨了。有一暝半夜，用阿嬷的形容词是："雨落打死人大！"阿嬷叫醒我，原来是屋顶漏雨，把棉被打湿了。我知道又是排水沟被竹叶塞住引起的，戴上斗笠便出门，爬上鸡寮，踏着窗格，用力一撑，攀上屋顶去清理沟槽，竹叶一抱一抱地往下扔，积水才"哗"地流畅起来。

三更半夜，我觉得自己像男人一样重要。

5. 铺路

乡间道路常常是聚土为途，上面铺一层碎石子，供牛车、手拉车、村妇、农人、稚童来来往往。

刚铺好的路平齐、好走，过了不久，表面开始出现凹坑了；手拉车辗出两条清晰的辙痕，愈陷愈深。路边野草，在春雨的沐浴下开始萌生、抽芽，渐渐霸占了路面。尤其小孩子们，一群群从学校放学回来，沿路捡石片打水漂儿或丢野狗，女孩子则爱捡白色的打火石收藏。不出数月，石子减少了，路面泥泞起来，行车、走路都举步维艰。

趁着农闲，村里的壮汉们一吆喝，便去铺路了。石子一车一车地运来，铺在路上，犹如碎琉璃瓦般闪亮。孩子们乐了，因为又有石头可以捡；拉手拉车的阿公也满意，拉起来很顺手。铺新路，让村人高兴许久，没事儿也说："我去路仔走走！"

现代的柏油公路四通八达，似乎没听到有人赞美过它们。现代人寂寞，现代的路也很寂寞。

6. 护符

中国人似乎特别避讳灾厄之事，尤其是在农村里，几乎家家门口都贴有"护符""八卦镜"。遇到谁家有丧仪病凶之事，附近邻居为了避凶驱邪，往往就在门楣上悬挂红布，或是到某宫、某庙求一道"护符"张贴，以避不净之物窜入家里作怪。

就连丧家，在百日之后将灵堂烧毁自不在话下，举凡衣服、衫裤、用品、棉被、鞋履都一并托付火炬，化成灰烬散入地里，也升为虚烟寄给在天之灵享用。这么做，一方面安慰逝者，另一方面是为生者收惊，解除凶煞之神带给他们的伤痛与悲哀。所以，常常就趁机刷洗屋舍、住处，做一次彻底的清扫。扫完之后，还要祭拜诸神，告诉它们，不幸之事已经发生，家里从此少了一人，这只能说是诸神一时的疏忽；死去的已经溜溜去，还望诸神保庇在生的，让大家平安顺势。

虽然护符愈来愈多，可是家里的人还是愈来愈少。

7.司命灶君

一口灶，就这样把寒冷的清晨煮成热腾腾的粥，把多汗的正午烩成香浓的饭。当薄暮降临，灶是水神，一锅滚烫的水让疲惫的双脚在浸洗之中遗忘路途的辛苦。灶也是火神，让米粒在舞蹈中成熟、青菜在歌咏中柔软。当所有的家人在灯光下围炉进餐，灶是一旁静卧的婢女，逐渐冷熄了体内的热情，等待明天，再一次被唤醒。

日复一日，稚童茁壮成勇敢的少年，少年转变成离乡的中年，而中年奔波成感恩的老者。每年岁末，三炷清香举在额际，所有的岁月故事、生命圆缺都不必言语了。因此，灶是保姆，是每个农村家里那不能言语、不曾远离却逐渐被遗弃的亲人。

放 牛 吃 草

老早听说"北港"原名"笨港",不禁打心里发笑,有这么憨实的乡亲父老,见了外地人一定高声招呼:"有闲来阮'笨港'迌迌[1],阮'笨港'出土豆油跟妈祖庙。"

憨实的风土人物不多了,北港二日游,真觉得能笨是个福气,祖先留下的田产,笨的才守得住;乡里子弟,笨的才肯回来造福;至于修志办文化事业,若不是实实在在北港的米粮饲养大的,这种苦差事谁熬得住?无论在朝天宫、水仙宫或文教基金会,遇见的北港子弟脸上都有着骄傲的光芒。乡土的力量在这儿如大榕虬根,把她的子弟搂得紧紧的。这也难怪,他们一出生就佩戴了妈祖的香火袋,万万不肯离乡背井的了。

1　迌迌(zhì tù),闽南语,意为玩,玩耍,闲逛。(编者注)

虽然街道马路早就换了新名字，老北港大大小小还是找得到前清衙门遗址。有时，不免哭笑不得，历史的遗迹最终必须浓缩成一座小碑，或只剩一块安门的枢石。衙门呢？在那里！放眼看去一幢现代楼房，衙门必须靠想象以及文史者的口头描摹。如果要我一个人拿着北港市街图寻访古迹，大概除了上朝天宫烧香，只能到"中正路"吃刨冰，因为我们罗东也有中正路，看来格外格外的"亲切"。

衙门见不着，昔时的砍头池却还在。一汪半深不浅的水池，多少粒人头应声而落，历史才能踩着牛步来到现代。血水回归于海，如今的池子满是布袋莲，纷纷开紫花；土堤上的野狗、野猫草，天真烂漫地咬人衣裙。时值农历八月尾，撒豆季节，田地犁成一畦畦土垄，三两个妇人并步撒豆。有人朝她们拍照，这些北港的嫂子、姊子羞得扭背见人。砍头池还在的，紫莲花替他们说故事，后辈的子孙媳妇也替他们把日子过下去：把稻米种大，把土豆、芝麻熬成油。

像大部分台湾农村一样，有翠竹处有人家，连翘篱、鸡屎藤一路撒野。农作除了水稻，甘蔗、花生算是经济作物。走在北港街上，长长短短卖油的招牌迎面打来，花生油、黑麻油、苦茶油、葵花子油……读得我浑身炸酥。参观了现代制油厂及老式油坊，各有风味。年轻的引进现代技术，公司名称却特地在妈祖面前掷筊杯，恩准了才敢用"圣港"；老油坊叫"纯美"，产麻油，所以一进门满眼黑了，黑芝麻的香却充鼻不去。老板自制一联："滴滴纯油，人人称美"，不得不叹服人家理直气壮。

我对农村有一份亲情，毕竟是她奶大我的。我小时候见过水牛犁田，后来才改铁牛。可是没去过牛墟——牛只交易所。难得北港还保存古风，打老远就闻到牛屎味儿，一坨坨黄金撒在现代柏油路上，真乐坏了我这肖牛的乡下人。在都市拘束久了，到北港放牛吃草，仿佛草根性子又活过来。

牛墟是一大块泥地，各家牛农或车载，或牵步，到这儿做买卖。更多的是上了岁数的阿公阿伯，会会老友，指点货色，问问价钱，不见得买牛，老日子老习惯已成为他们生活里的大事。那些牛只，有的小犊，有的水牛，较多是肉牛、乳牛。这辈子没见过那么多牛，有点儿兴奋。老道儿的一眼看透牛的斤两，他们摸牛的牙齿分辨岁数，墟里有一台牛车，安上牛轭试力气，正巧遇到有人试牛，叫我们上车当砝码，牛兄恼了不肯拉，牛是好说话、好支使的，可碰到它耍牛脾气，打断一根鞭子它甩都不甩。这我非常懂。那天在牛墟还闹笑话，我问牛农："阿伯，你这只牛是公的母的？"他哈哈哈仰天大笑，替我张扬："她不会看公的母的！"

到了这里，免不了买点牛铃、牛蹄鞋带回家做纪念。集子上，土产真多，枸杞、当归、决明、人参，还有鳖、蛇，都是中药材。卖茶的煮水招呼喝茶，卖刀斧的没得试，掀报看新闻。负责导游的先生赏每人一根赶牛的藤鞭子，有人不领情,说他不怀好意,鼓励夫妻相互鞭打。

北港多庙,说不完民间故事,这是当地最大财产。朝天宫建庙已三百多年,自笨港开辟三百七十余年来,已深入民脉。正殿内妈祖垂悯众生,香火鼎盛。抚摸庙庭大门旁,一对咸丰二年的青斗石狮,环抱乾隆年间的石雕龙柱,历史不就在你叠着我、我叠着你的掌温中流传下来?古迹看得见,看不见的乡土情感不就在你叮咛我、我叮咛你的口头上结了亲?

绾着长天宫、水仙宫、文昌庙、朝天宫的香火袋一路晃晃荡荡,仿佛诸神灵在头上展翅护送。回来分赠众亲友,顺道儿告诉他们,"笨港"是从荷兰话 Ponkan 转过来的,一点也不笨。

西行　遇藤

行 书

路是人的足谱,鸟爪兽迹、花泥叶土无非是插图。我走累了,坐下,变成一枚雕花的印章。

行路不难,难在于应对进退而不失其中正;难在于婉转人际而犹有自己的字里行间;难在于前往铸足之时,还能回头自我眉批;难在于路断途穷之际,犹能端庄句点,朝天一跃,另起一段。行路颇难。

稚童的学路、醉汉的碎步,以及懵懂年少的错足,都将被季风吹散、被雨水遗忘。留下的版图,应该给实心的人去走,把大地铸成一块文章,让星子们夜读。

然而,我是累了,左脚迈出的黎明永远被右脚追随的黄昏赶上。时间里,季风一目十行读乱我的字句,我不敢想象在长长的一生里,我的足音能否铿锵?

堤岸是路的镶边,我要在此洗心濯面。流水真是喧哗的观众,任它们去品头论足。

过去，是一篇不予置评的狂草步法，我且落款，送给逝水；未来的空白会行走成什么，谁也不敢预料。也许是断简残帙，也许是惊世之作，也许是不知作者为谁的一段开场白。

也许是无字天书。

觅自己

旅行，是从固体的生活中抽离，褪去时间、空间这一层皮，到他国异地寻觅另一个自己的活动吧！毕竟，再怎么风光明媚的自家山川，总有看腻的时候，不论何等荣华的身份，也会有想更换的念头。旅行，正好提供机会，让人从自身的禁锢中放心地飞出去，歇够了，再飞回来。

另一个自己是什么样呢？也许是阿尔卑斯山边一家小餐馆的笑眯眯老板，恒河畔凝视落日的独眼老妇，或是巴黎圣母院尖塔上一小坨百年不灭的鸟粪。旅行迷人之处正是在这里，扛着不轻不重的今生，到处浏览自己的前生与来世。

京 都 之 鸦

那一年,在京都。空气像刚从冰窖里拿出来,春天快老了,樱花满树,就等一阵风。

一个人的旅行,我要去三十三间堂,不小心提早下车,干脆照着地图走路去。有雨,微如毫毛,"短暂雨"像负心汉的留言或一种品牌的眼药水,我一边走一边觉得天地固然辽阔,但孤独像扎入肉里的细针。那时,工作、情感与对自己的评定都到了谷底,觉得日子像绑了铅块,过得腰酸背痛。

就在离三十三间堂不远的小路上,遇见丧家。

隔着来往的车辆,我站在路边看对面马路一户人家正在移棺出殡。十来个亲友,人人着黑衣,凝肃、安静且迅速,像一群沉默的黑鸦向古树鞠躬告别。因为安静,更显出凝重,我旁观着,又因其凝重而忽然觉得死亡十分轻盈。心想,日子若愈过愈重,岂不是连死都不如!

三十三间堂庭院里,一只鸦戛然飞过古松,我微笑聆听。

旅 行 短 句

1. 符号

法国人不喜欢英文,有一点世仇的味道。却也发展出千奇百怪的沟通方式,让异国旅客自行摸索。譬如有一张图,没有任何文字说明,只有两颗星、一刀一叉一床一箭头,但它很清楚地告诉过往旅客:有一家两星级旅店,可以吃饭、睡觉,请跟着箭头走。

2. 漆窗

行经法属阿尔卑斯山系,雪花很不客气地飘落。靠山旷野上,隐于几排白杨树后有一幢三层高的红瓦楼房,多窗,每扇窗都漆了一种宛如被春雨淋湿的嫩芽色边框,好像一个高山雪国的千眼美女,而且每只眼睛都涂了眼影。

对色彩的敏锐，到处表现在山区、平原的屋舍上。他们精心思索不同季节的光影照在各种颜色上的效果，屋顶、外墙、窗框的配色仿佛出自名家之手，我相信他们专诚为陌生的旅行者着色，希望在瞬间一眼，引起旅人惊呼："这是我见过最美的明信片啊！"

3. 车站

往巴黎的子弹快车 TGV 还未进站，我站在里昂车站 H 月台 8 号车厢牌告前观赏配色。第一个方块深蓝，盛着橙红色的第二个方块。那么亮丽，好像旅行是一种"发情"。最日常的物件也令人流连，街灯真美，像一个瘦瘦高高的、捧着花对你吟唱的情圣。

4. 山中小店

从香水名城格拉斯走山路，经迪涅往里昂。阳光照在灰白色的裸岩上，竟有一点很淡的紫芒。树长成一朵朵浑圆，像数百万只绿羊、褐羊、黄羊、橙羊高高低低地爬山。当看到真正的羊群、身上镶一圈银光时，反而觉得："哟！好多毛衣。"在迪涅附近山上小旅店休憩，热情的女老板养一头庞然黑狗，它胖到连自己都愤怒起来。屋旁有一棵瘦弱的苹果小树，草地上躺一粒营养不良的小苹果，很香，善意的味道。千万别看不起瘦小的东西，它一鸣惊人。

5. 鸽翼

往尼斯途中，辽阔的红褐色土壤上，栖息数百只白鸽，静止。忽然，有一只扇翅而起，远处，亦有一只飞起。我想，这就是夫妻的起源吧。

6. 蒙地卡罗印象

镶钻掐金丝的海畔夜景，仿佛一件已完成的旷世珠宝。能一直这样荣华富贵也是不坏的，至少没有酸气。

摩洛哥皇宫前广场，大炮与堆成金色塔形的炮弹像孩童们的游戏作品（或恋爱中蚂蚁的装置艺术），情人椅的椅脚即是两球炮弹，真是惊心动魄，不能违背誓言的。柔和的灯光髹着高大松树，面对海滩，一边是足球场的呐喊，另一边是赌城内金币、银币的呻吟，整个王国像一户正在过年的大富人家。没有败坏，没有死亡。

清晨的擎天岗

虽然不再有青春踏歌的心情，但一行人结伴郊游倒也放纵。

阳明山公园与市嚣为邻，极适合短程探访，正因如此，部分景色已祛天衣。这也是人与自然的矛盾处，人从大自然来，掘穴筑屋，又不能忘情灿烂花木，总千方百计要移香换景，图眼鼻之福。如果山峦有翼，河川有足，恐怕早已飞天。

规划一座公园，恐怕是想还原人与自然的礼数，让蓝鹊敢于啼春，让麝香凤蝶敢于披裳，让梦幻湖的水韭敢于仰泳，让杜鹃们也敢于裸唇。

在胭脂山樱下歇坐，实在难忍心头之痒，闻香不够还想偷色，这大概是人心中的欲虫在动。终究还是忍了，地上的红英可拾，这是落花有意，若伊仍在高枝，就不可逼人失身，这是行人清白。

水鸟山花悉说般若妙谛，人来听经。

最美的是清晨的擎天岗，早云走山，天色浑然。一行人个个在风中迷踪，苍茫的是天，雄浑的是山，典丽的是人。阳光自东方赶来赴会，为众生披上金衣。

这就是我所喜欢的"家园"，心灵于此时舒放，也不问路，随山的曲线起伏；也不攀折什么，随目之所遇而情成；山府阜壤偕日月星辰待客，人以福德布施，七宝琉璃遍满虚空。

山巅处，一座废弃的碉堡，几位诗人一跃而上，颇有一副顶天立地的气概。"每天，阳光从这里分批出发！"有人高声说。日头裂出，山峦准备要取水，河川扬起水波。

中途 乱石

荒野上的鹰
——与高中生共勉

"宁愿是荒野上饥饿的鹰,也不愿做肥硕的井蛙!"职是之故,我学会捆绑行李。

总是独自走上生命的每个阶段,从全然陌生的环境开始安顿自己。小学毕业,明明附近有所中学,我却跑到离家四十分钟车程的中学就读。好不容易与他们熟了,成为一分子;明明附近有几所高中可供选择,却大胆地跟导师讲:"我要去台北考高中!"第一次,我知道北一女、中山、景美等学校,我问老师志愿顺序,他不太确定,但终于帮我排妥。他没问万一考上了,怎么安顿?我没提,那是我自己的事。拿到准考证,回家才跟家里提,家人一向不管我功课。那时父亲刚逝两年,母亲出外工作兼了父职,阿嬷管田地、家园,我是老大,弟弟妹妹才小学。谁管得到我?也不需任何人叮咛,我跟老天爷杠上了,赌一口硬气对自己讲:"你要是没出息，这个家完了！"

十五岁，捆了今生的第一个行李，连牙刷、毛巾都带走。屋前厝后，巡了一趟，要狠狠记住家的样子，躲在水井边哭一场，忽然长大了五岁。我不嫉妒别人的十五岁仍然滚入父母怀里，眨着少女的梦幻眼睛，而我却得为自己去征战，带刀带剑地不能懦弱。

所以，孤零零地在台北寄人篱下，每天花三个钟头来回新北投一所高中与复兴南路的亲戚家。台北火车站前，清晨卖饭团的妇人，我拿她当妈妈。坐在淡水线火车上，饭团啃完了啃书本，每本书烂得软趴趴；课堂上，闭眼睛都知道老师说错一个年代。

那时，校内的读书风气不盛，许多人放学后赶约会、跳舞、逛士林夜市；情况好的，赶补习班。我没有玩的权利，也没经费课外补习。还是那副硬脾气，就不相信出考题的能撂倒我，非上好大学不可。

这样逼自己，正常的十七八岁身心也会垮的；平常，没谈得来的朋友，她们追逐影星、交换情书，我没兴致；想谈点生命的困惑与未来梦想，她们打不起精神。我干脆跟稿纸谈，谈迷了，就写文章、投稿，成天在第二堂下课冲到训导处门口的信箱，看有没有我的信。若是杂志社寄来刊稿消息，我会乐得一看再看，看到眼眶泛红；大报副刊寄回退稿，则撕得碎碎地喂垃圾桶，我想："总有一天……"为了那一天，吃多少苦都值得。

我做事一向劲道猛,非弄得了如指掌不可。迷上写作,连带搜别人作品看得眼睛出火。他们写得好,我写不好,道理在哪儿得揪出来才能进步。常常捧着两大报副刊上的名家作品,用红笔字字句句勾,我不背它们,我解剖它们,研究肌理血脉,渐渐悟出各有各的路数,看懂名家也有松垮垮的时候。那时很穷,买不起世界名著,铁了心站在书店速读,霍桑《红字》、黑塞《流浪者之歌》、《泰戈尔全集》、托尔斯泰《高加索故事》……有些掏钱买了,其余则浏览,希望将来变成大富翁全娶回家,看到眼瞎也甘愿。"世界太大,生命比世界更大,而文学又比生命辽阔!"我决心往文学走,不回头。

缺乏目标的年轻生命好比海上漂舟,我知道自己的一生要往哪里去,考大学只是眼前目标,我知道为什么必须上大学,不是依社会价值观、师长期待或盲目的文凭主义,而是依自己对生命的远大梦想。

高二暑假,我写了一封信回宜兰,告知已从亲戚家搬至大屯山学校附近的别墅,月租三百元,由于没钱上补习班必须靠自己拟定"大学联考作战计划",因此今年不回家割稻了。"身上尚有稿费及打工赚得的钱九百八十七块,够用两个月了。请家里放心,我会打胜仗的。"

每天,依例凌晨四点起床早读,按照作战策略,这个暑假必须总复习所有科目并预读高三功课（已搜得学姐的旧课本），至少做一遍从各补习班、明星学校搜集的题库、试卷及历年联考试题，并且每隔半月"验收实力"——看自己能考上哪一个学校。

想睡觉，不行。开始思考打仗应该用智慧，光靠死拼活干岂不是"义和团"！思考为什么叫人啃一头死牛没人要吃，煎成小牛排就美味得不得了。于是，把"作战计划"改成"大学联考料理亭"，依据自己的兴趣及胃纳，按照清醒到昏沉的时刻表安排筵席。

所以，"历史"变成身穿古装的我恣意穿梭于时空隧道，采访秦始皇谈如何并吞六国、跟汉武帝吃饭谈外患问题、陪成吉思汗遛马的探险志了。还可以指着光绪骂："你这个懦夫，干吗那么怕慈禧，你不会派刺客把她'解决'掉吗？"

"地理"也好办，那是我跟心爱的白马王子周游世界的旅行见闻。"数学"，确实有点伤脑筋，三角函数实在不像个故事。"三民主义"，决定留到联考前一个月，再以革命心情奋战，效黄花岗七十二烈士。

某日午睡，梦到自己只考了两百多分。沮丧极了，恐惧这一生就这么成为泡沫。夜晚，虫声四起，前途茫然的孤独感占满内心，在日记上写着："我会去哪里？我会去哪里？"

抽屉里有一叠没写完的稿子，其中有一篇关于一个高中男生逃家的故事。想往下写，又收进去，索性把专放稿件与写作大纲的抽屉贴上封条,仿佛唯一的财产被法院查封。

如此整顿之后,升高三,当同学们一个个迸发高三杂症,勉强念书,或奔波各补习班像只无头苍蝇,我却笃定得像个磐石,心稳稳地纹丝不动。继续按自己的作息方式排读书计划,虽然高三下学期的课堂考试成绩糟透了,但我摒弃老师的授课进度及测验计划,照自己的时间表走,不急、不慌,从不脱序。我读书喜欢问"为什么"、思考答案。有时"语文"里的问题必须从"历史"找解答,"历史"里的疑问,可以从"地理"得到线索。活读比死背深刻,而且有乐趣。如此一遍遍地读到胸中如有一面明镜,且语文、历史、地理知识相互串联、佐证,活生生如能眼见一朝一代风华。联考前一个礼拜,同学们灰头土脸、乱了军心,熬夜赶进度;我却无事可干,反其道而行,逛市场吃红豆冰、买西红柿弄蛋炒饭,早晨、黄昏到山径散步,过几天舒服日子。其实无形之中,脑子里正在整编、活络所有念过的内容,使枝枝节节的知识更加密实,形成实力。我有自信,问任何问题,我都能说出一番道理。

联考那日,大多数人像进刑场,我却觉得像园游会。听说有同学拿到试卷,眼前发黑、手心冒汗、下腹绞痛,我觉得不可思议。我太稳了,拿到语文、历史、地理试卷,觉得像在考小学生,暗笑出题老师怎么出这种简单的题目。钟响后,同学们纷纷翻书找标准答案发出哀号声,或到家人面前忧心忡忡。我没人陪考，也觉得家人像组"进香团"陪考只会坏了军心。我一本书也没带，考过就算了，不再想它。闲得没事干，买汽水边走边喝，像个巡逻的。

没发榜，我已算出自己到台大，就算科系不理想，选个学风自由的大环境再转系总比意气用事只填几个志愿再挤破头转校保险。我要到一个人才荟萃、高手辈出的大环境逼自己成长，所以，台大文学院六个系全填了。同学问我："万一上考古系怎么办？"我说："那就去挖坟墓嘛！"老师看我的志愿单，同样纠眉头，简直是没主意的人的手笔，我仍坚持从头填到尾，人生哪能一下子就称心如意？我把选校搁第一顺位，进了大环境一切好说。"考进哪个系不重要，从哪个系毕业才重要！从哪个系毕业又不重要，将来走哪一行更重要！"我一向不认为一次联考就定了一生，往后的变量很大，多的是进自己的第一志愿科系，毕业后才改行的例子，与其四年后再从头学，我宁愿花一年时间好好摸索清楚，二年级时在哪个系，对我而言，就是决定了今生。

发榜后，在大屯山城赁居的小屋打点行囊，一下子天地开了。三年高中生活留下的日记、写的文章，一把火烧了，我的青春岁月在火光中、泪眼里化为灰烬。那些忧喜苦乐全不计较，也无须保存，我知道自己又要去陌生地方从头开始，就像过去每个阶段，命运交给我一张白纸一样。

在不断地飘荡中，能感受自己的生命有了重量与意义是最大的收获。我太早离开家庭的保护，也学会独立、为自己的生命做主，虽然无法像一般人拥有快乐的青少年期，可是也学到同龄孩子学不到的、如何做一只在荒野上准备起飞的鹰。当一切匮乏，无人为我支撑时，我惊讶自己能从"无中生有"磨砺出各种能力，守护自己。这样的训练比考上心目中的大学更重要——或者反过来看，因为有这种训练，才可能上心目中的大学。年轻生命蕴涵各种潜力，愈早自我开发愈能起飞。可惜，大部分的人耽溺在家庭的优渥保护下，只知道吃鱼而不懂如何打造一根钓竿，其实学会钓鱼才是大训练；有的人则可能因家庭破碎而击溃向上意志，不懂得把恶劣环境当作生命中的"少林寺时期"，练就一身铜墙铁壁的功夫。每个人成长的困境不同，但我仍然相信，对生命热爱、对梦想追寻的这份毅力，会引领我们脱离困境。不要轻易认为今天就是末日，因为明天的太阳跟今天不一样。

如今回想高中生涯，短短三年，却把我一生的重要走向都起头了；我如愿转入中文系，如愿成为作家。少年时，怨怼老天，现在懂得感谢。

因为，当它赐给你荒野时，意味着，它要你成为高飞的鹰。

如 此 渴 望

我不知该如何叙述才能让年轻学子明了少年时埋藏在我心中的那份渴望？

渴望知道我是谁？我将何去何从？

就从一个寻常午后开始讲起吧！我独自走在田埂上，两旁是漠漠水田，远处也许有白鹭鸶飞过，隐约记得是个舒适的春日。不知受了何种诡异力量的诱发，我一面专心行走以免滑入水田，一面呼唤自己的名字作乐。于是，愈唤愈急，愈急愈绵密，密密语如铜墙铁壁，突然，整个人触电似的呆住，那名字脱壳了，离我而去，不再能指称我。放眼望去，仍是熟悉的稻田竹林河流，如此天宽地阔，但是我——一个小学生，却在瞬间不知道自己是谁。

回过神来，一切相安无事。但这惊悚的经验如一颗夜明珠被我吞下，自此后，它改变了我的眼光。

这件田间小事足以说明，为何像我这样生长于二十世纪六十年代毫无资源可言的穷村，家中只有日历与皇历再无其他书籍，从未念过私立学校，不曾代表班上参加作文比赛，从未补习、家教的孩子，竟然在二十四岁出版第一本书，并且依照十七岁少女所愿，一生成为作家。

如果年轻的你尚未看出关键所在，让我再换个方式说明：一个孩子若对生命课题起了困惑，对自身存在感到迷惘，除了精神"离家出走"之外再无第二条路可去。这意味着，他遇到了大破大立这一关。

有了这层了解，接着让我们随这孩子（也就是我）走进教室，在她的座位坐好。这是开学第一天，老师走上讲台，几个学生捧着各科课本尾随而至，她睁大眼睛盯着课本，心口怦怦地跳，仿佛灾难饥童盯着食物怕它消失。拿到课本，她痴迷地嗅闻新书香味，语文、数学、社会、自然……只要有字，都很香，比地瓜签饭、萝卜干还香。

渴望，就是这种渴望让我拿到语文课本当天回家即大声诵读一遍，一学期口粮一晚上吃去大半，直到高中仍旧如此。朗读一遍，意犹未尽，再诵二三遍，不知不觉竟能背诵，在声音的跌宕起伏之中，感受音韵铿锵、情思绵远、义理壮盛之美，将人团团围住、缓缓渗透，吃人参果也不过如此。记诵犹然不足，必取纸笔摹写佳句如珠宝大盗欣赏文字钻石，写着写着，隐约抓到中国文字所独具的那种相生相克的图像之美。如此自得其乐地演练，仿佛远远地看到地平线那头，浮现一座文学帝国。自此面对古典作品、当代佳文、渐渐能体贴各式各样的情感样态、世事理路,与作者心心相印,跨越千百年时间鸿沟及文化藩篱,以我这后生小子的眼流他们的泪。

每一篇文学作品,讲的都是生命故事。诸葛亮写《出师表》、李白写《将进酒》、苏东坡写《赤壁赋》,不是为了给千百年后台湾中学生参加考试用的;胡适、徐志摩、钟理和活过的一生就像一方方珍贵矿石,有悲欢离合的纹路、爱恨情仇的光泽,有不可割切的傲骨之处,也有人性软弱。不管怎样把玩、鉴赏都行,就是不可捧石头砸自己的脚——有位老师出题如下:"徐志摩原名章垿,字槱森,后改字志摩。为什么改字为志摩?试申论之。"程度好的学生猜测跟《维摩诘经》有关,想象力丰富的拆解为"有志学达摩祖师",调皮的干脆来个死无对证:"这要问他爸爸,但徐老爷已经死了,无法查证。"(解答:小章垿周岁时,有一位志恢和尚"抚摩"他的头,向徐老爷说:"您这儿子是麒麟再世啊!将来必成大器。"徐老爷大乐,自此将章垿改为"志摩"。讲白一点就是,被志恢和尚摸过头了。)唉!徐志摩一生何等精彩,若他生前预知台湾中学课堂上有这么一道题,撞机之前恐先撞墙。

饥渴的学生总是嫌课本太薄、文章太少。不得已转而搜罗学姐的旧版本(也算一纲多本),多读几课算是打牙祭,一点也不觉得联考不考，此举浪费时间（我始终不懂，为什么有些人对考试不考的书籍皆不看、不读、不想）。接着，当然会流连书店，补充课外书籍，宛如"卖火柴女孩"上五星级饭店享受自助餐。课堂上反复讲解注释、逐字逐句翻译原文、做不完的测验卷这种宛似"大体解剖"的教法已不能满足一个对生命充满好奇的学生。我真心想要的是与古今文学大师面对面，促膝而谈甚至抵足同眠；我想进入陶渊明、李白、杜甫、马致远、曹雪芹……的内心，与之同等心跳，苦其所苦、悟其所悟。每位大师皆彰显着独一无二的才华、人格特质、思想高度，成就一种奇特的生命典型，如此光芒万丈，令人迷恋、向往。

我仍然相信，阅读与恋爱，是最能促使大脑分泌脑啡、引动欢娱情绪的两件事。恋爱受制于他人且有副作用，倒不如阅读来得飘飘欲仙。我们的社会过于焦躁、庸俗、非理性，若大部分的人愿意回到书房做有意义的阅读，相信会改变这个社会的狰狞面目与气质。阅读行程里，我时常返回古典文学部分：诗词曲或章回小说，鉴赏每一件国宝、精品。马致远二十八个字的《天净沙》能做什么？啥也不能做，既不利于理财投资也无助于养生保健，但它能让我的情感辽阔，看到六百多年前某一天，"夕阳西下，断肠人在天涯"。

然而，当我们有幸站上巨人肩膀并非为了成为其信徒或影子，恰好相反，为了借智者之眼为眼，高高地看出我们这一生要走的路。

我所甚爱的文学深戏偏离了教学与联考现实。所以,我的作文成绩只能算普通,联考作文分数约是中等(跟题目过于空洞、抽象有关)。我大胆推测,作家中与我类似的应不算少数,甚至有几位知名小说家,其作文簿恐怕曾被语文老师批改得体无完肤,斥为"不通"吧!

作家,是具有"黄河之水天上来"般创见与才思的一群人,拥有让文字龙飞凤舞的叙述能量,但是,不见得是个联考作文得分高手,不见得能任劳任怨地写测验卷。

作家不是为联考而来。同样地,联考门槛也挡不住一条游龙。感谢上天,人生很长,联考只是关口,不是终极绿洲。

回到语文教室。我们能否有一点雅量与悟性,让语文课成为文学心灵的圣殿,老师是招魂祭司,师生共享一趟丰饶的心灵之旅,而不是耗费宝贵青春埋首写测验卷(如:黄春明《鱼》中,写的是什么鱼?①鳕鱼②秋刀鱼③吴郭鱼④铿鱼。依我见,让学生分组把《鱼》改编成剧本、演出,岂不活泼有趣!)。接着,互改考卷、争取零点五分之差、计较排名、死背标准答案(唉!连地狱十八层住户都不必过这种生活。)我们做家长的,能否不要在语文课计算投资报酬率:花多少钱进作文班换得多少分?写作技巧不是不能学,但过度强调拆题秘技、得分高招,恐会不知不觉僵化了思维,形成可怕的制约反应(我称之为长脑瘤)。与其如此,不如平日多阅读文学名著，培养鉴赏力与品味；年轻的心一旦被启蒙了，视野开阔、思想灵动、涵养丰富，自能脱胎换骨。人生漫长，那几招得分妙技，哪能压得住往后的人生风暴。

除此之外，我嫌课本太薄、材料太少，对家境清寒无力提供其课外养分的穷学生而言非常不利（反对者言：太厚太重太贵，教不完，老师学生压力太大，引发焦虑症。我的建议：不需全部教完，多读有益）。

其次，期待每位语文老师都能研发一套独门秘法，开学第一堂课先教一篇千古催泪奇文（脱离课本亦无妨），借以收魂摄魄，让学生隐然兴起渴望（反对者言：若赶不上进度，学校有意见、家长会讲话。我的建议：那就请家长一起来读吧！变成一场鉴赏名作、讨论心得的读书会，让子女见识父母的能力、父母发现子女的才华，有何不可？）。

如果写作能力是语文教学的重点指标，那么，我们是否更应该在学测时给予充分时间写作，甚至单独将非选择题部分抽出另成一卷，至少有两三小时可让学生发挥能力、从容完成（反对者言：多出一卷，压力、压力、压力！我的看法：命题写作测的是学生的语文极限状态而非"写字速度"，若时间紧迫，所呈现的易为四平八稳的范文或支离破碎之作，无助于能力鉴别。即使不世出的大才如李白、苏东坡、曹雪芹、徐志摩等来考语文学测，恐怕也会叹："神啊！请多给我一点时间！"曹雪芹肯定会写不完，唯一例外的大概是七步成诗的曹植，他第一个交卷）。

以上也算是我的渴望，但不是对年轻学子，是对手上握有权力且正好打开耳朵准备聆听的人。

南下 雾中芒丛

舌　苔

语言的简陋常常造成灾难，而方格稿纸上的书写又使我变得唠叨，也许，我应该沉默，像深潭底一粒小圆石一样浸润百年，终于完整地聋哑了。

疲于交谈的现象愈来愈严重，当朋友以善意或无所谓善意的语调询问我的生活，常使我恐慌。我学不会以流利的语言报告一件好消息或用愁困的声音夸示挫折，且常常像老年人，搜索昨天的记忆如寻找上辈子的一根针一样困难而中断陈述。"然后呢？"朋友问；倒使我觉得自己是个环抱一坛蜂蜜的吝啬者，不肯给小熊多一点蜜；或是忸怩的牙周病患者不肯在医生面前张开嘴巴。因此，对于那深谙语言的按摩效果，在交谈中相互马杀鸡促进人际血液循环的人，令我深感佩服。我总是按错地方。

案头书写虽然安静，却因为人都爱舐舔自己的痛苦，使得叙述过程常被自动涌现的伤痛记忆干扰，这些不见得形诸文字，但微妙地成为文章的背景音乐，当书写者极力想营造一场欢娱的喜宴时，记忆底层却传来悲凉的唢呐。

"闭嘴，你们这些冤魂！"我对自己这么说。

如果摒弃口头语言与文字书写能否更接近安静？我无法回答。密布于身体表面的感官工具，其活动目的乃为了使人与群体更接近而非疏离，人必须担负其带来的灾难已然是一道宿题。

可悯的是，这些灾难远非语言文字所能纾解。

铅 字 小 蛇

醒后，我大笑，居然梦到几个铅字在打架；似乎各有帮派弟兄，愈打数目愈多（想必是，"金"部紧急调来铁、铜、钢……而"石"部呼叫砰砭砸砍之类）。其中几个不知名的铅字，受重伤流了一摊血，倒在围殴队伍末端，在它们之后的"铅打"（打架的铅字）扭成一条小黑蛇。

我想找心理医生，又担心医生在听完一位年轻女子以快乐的语调陈述梦境后，反讽："哦！打架？我还以为跳脱衣舞呢！"但我忧虑起来，对从事"黑手"行业的作家而言，梦到手下兵卒自相残杀，自己却隔岸观火哈哈大笑，十分不吉。

我试图从日常生活抽丝剥茧找出梦的潜伏，却徒劳无功。我的作品集依照进度一本本地出版像一片片吐司面包，虽上不了晚宴，还算能果腹。我正在酝酿下一部作品，颇有信心将另有一番局面。总之，我很快忘记这个怪梦。

有一天，当我摊开稿纸构思一篇文章时，却发现从来不曾有过的思路堵塞，字句如杂草丛生散出腐臭。我厌烦地用笔涂掉整行句子，涂得像碎尸万段的黑蛇！我害怕蛇，遂在刹那间错乱，仿佛蛇尸将塞入我的耳鼻喉强迫我吞食。我抓起修正液，像挤牙膏般涂在稿纸上，把几条铅字黑蛇涂成白蚯蚓才罢手。接着，把瘪了的修正液瓶子丢入垃圾桶，揉成团的稿纸也丢入，再丢去一支不流利、吞吞吐吐的坏笔。

我第一次领悟，对作家而言，让字与字和平相处是很重要的。

中古时期的蚂蚁

那是一件意外。

就像现在不断更换写稿的姿势一样,我找不到适当的语言陈述那天晚上发生的事:关于一本讲述英国"中古时期"文学的书、一群现代蚂蚁,以及我。

我必须承认,时间使我过敏,像有些人看到象形文字"鱼"便皮肤发痒般。可恨的是,生活中的每个人甚至物都可以直接指涉时间;一粒榕豆掉在头上遂忆起七岁时曾在榕树下荡秋千跌倒、某种品牌的咖啡勾起多年前一次失败的谈判。开架式的记忆证明时间是一条圆形轨道,累积愈多的过去愈对现在感到无力,仓储过多记忆愈对存在感到疲累。因为,我不晓得生命将中止于对一粒榕豆的第三次回忆,或是正在烹煮某种品牌的咖啡时。

总之,为了搬家——半年内的第三次,我面对一墙的书欲哭无泪。架上的书册仍留着前两次搬迁的痕迹,或更远的,每本书的身世。它们忽然像森林里的野兽一齐向我吼叫，我在时间的圆径上来回奔窜几乎绊倒。书很重，但荒谬更重。

当我不得不狠狠地将它们丢入纸箱，忽然发现手臂爬满惊慌的蚂蚁，在那本《中古时期英语文学》书肉上，数百只蚂蚁麇集迎接小蚂蚁诞生。我应该哭出来才对，荒谬带着嘲讽来了。书是朋友的遗赠，热爱文学的他掉入死荫幽谷不再回来，莫非蚂蚁得知才在他的书上做巢。书页上，仍留着他的眉批，感受与疑问，字迹依然清晰。中古时期，英俊的乔治·康贝尔有一天骑马离了家，永不回来，读抒情诗的人也躺入青青草原不再回来。只有蚂蚁继续爬行，终将聚在我冷冷的身躯上野餐。

啊！一切皆徒然。

甜 蜜 牢 房

创作者善于把自己封锁在密闭而又多重形变的时空单位里,像一头密室内的猛兽,因聆听自己的鼾声而亢奋;有时,密室即是他的身体,在梳理毛发时抱怨空间过于昏暗害他迷路。你很难找到坐标去敲门,也不可能夜闯他的书房以窥伺灵魂的秘密,他是资深流浪汉,四处产卵,一辈子没固定住址(此段写于汀州路"城市尘世"咖啡馆)。

基于每个创作者都必须接受税务的监督,所以他有"户籍住址";基于每个作家也必须接受编辑晨昏定省,所以他有"现址";基于他必须有一块空间从事泥水匠般涂涂抹抹的书写活动,所以他有所谓的书桌及书房。

你对他的书房有兴趣吗?不,这句话应该修正为:你对乱葬岗有兴趣吗?(此段写于办公室。)

在早年拥有谷仓、猪圈却没有书房的农舍时期,我与同代儿童一样游走于八仙桌、饭桌或灶口前架一条板凳,一面顾火一面写语文作业"小英英快起床,起来看花去";有时走向户外,以后院水井边、竹丛下那块又大又滑的石床为桌;甚至在无缘由的忧郁填满胸臆时爬上屋顶,一面为"苦海女神龙"的命运垂泪,一面计算 $365 \div 12$ 的余数是多少。牧歌式的童年会让一个驽钝的人至少写出一首好诗,也让大把年纪的作家常常修改内容——譬如,忘了第五页死到哪里去,只好再写一次。

所以,至少有三本书分别是在单人床上、咖啡馆、亲戚家的婴儿房完成。那段时期寄人篱下,桌子架在床上,早晨一骨碌坐起,先写四五行再下床,换洗床单时,常发现某篇文章的遗骸,真是惊恐,好像死了很久的人还跟你睡一块儿,皮肤吹弹可破(以上写于台中火车站附近"松竹轩"咖啡厅)。

现在,我有一间甜蜜牢房,被一墙壁张牙舞爪的黄金葛与从阳台刺破纱门大剌剌伸进来的九重葛包围着。阳光喜欢在宛如小舟的栗树叶上打烙印;深夜,巷口白茫茫的路灯洄澜而来,牢房像千年幽冥穴,栖的都是善良的鬼。我走走去,在泛滥的书灾中欲醉欲死;新稿与旧墨如羊群般,随地放牧。偶尔不知从何处飞来黑蝴蝶、蓝蜻蜓及妖娆的野蜂,逛了逛,似乎不屑,各自散去。

不会重演的就不叫故事。搜遍客厅、厨房、卧室就是找不到第五页,蠢着一张脸回到书房,只好打开心内的密室,再写一遍第五页(终于完成于自家书房)。

隐 身 术

与其对"隐身术"这类事件进行泛道德判断，我倾向对使用者、物品何以产生依赖的原因进行了解。一个以思考、创作为生命专业的成熟人（本文仅设定此一族群），冀望透过特殊触媒以揪住缪斯的头发，扑在它背上吮吸那可以使人进入天堂乐园的蜜血，我相信他已充分衡量触媒带来的正面效力与负面灾情，他负担得起。作为一个同业，我只能表达"我会去做"或"不会去做"的意见；只有当他无力承担灾情又在精神、物质上殃及无辜时，才牵涉道德判断的范围。一个人应对他所选择的负起完全责任，这是我对成熟人的基础认知。

创作是具有幸福属性的一种自苦行为，从事心灵工程的子民，或轻或重流着临水观影的纳西索斯自恋血液与滚石上山的西西弗斯自虐宿命；水仙花与滚石齐驱，幸福与受苦同步，一切为了成为缪斯座前最受宠爱的嫡长子。因此，当创作过程出现内部危机，作者处于进不去、出不来的边缘地带时，烟、酒、咖啡作为中途驿站，提供作者短暂的休憩，此时虽烟而意不在烟，虽酒而心不在酒，他终会取消此一驿站继续进入书写。当然，长期选用某种物品当作休息站，也会形成惯性依赖，反过来使他在书写之前必须先备妥物品才有"安全感"。至于隶属创作转型期的大型内部危机，则非任何物品能解除，物质有其局限性，作者若扩大对物品的依赖深度与耽溺次数，则是物品的负面灾情大举肆虐之时。尚能理性控制的，灾害轻微；失去主权为物所役的，代价甚巨，譬如滥用药物与酗酒。

就外在困境而言，现实我与创作我共处一身而相互倾轧，现实运作轨道与想象国度一向互为世仇，为了模糊现实、释放创作我，常依各人癖好营造具有仪式作用的"情境"：音乐、某品牌的笔或稿纸、陌生且嘈杂的咖啡馆……情境或复杂或单一，仪式或简或繁，烟、酒、茶、咖啡……之被需要，本质上与其他东西并无二致，都是隐身术的一种。有趣的是，借以隐身的道具中若有食用性物品，在创作的内部危机出现时，也会回到口腔，创作终篇时，亦不自觉地进行口腔庆祝。

选择灾情较轻微的隐身术与中途岛当然是最明智的，虽然多位中外文豪曾透过特殊触媒抓住缪斯的脚跟，不过，我相信抓到它的破鞋儿的也不少。

备 战 状 态

灵感是个动词，指作品完成书写前一切活动的总称；因此，我根本不相信被窄化了的"天外飞来神笔"之类的解释，仿佛"灵感"是天空掉下来的神秘礼物，若有这等便宜事儿，不必下认真功夫了。

创作者，是一种全身布满警报器、二十四小时不关机的动物。不管他行走于如何平凡的街道，随时将所听、所视、所触、所嗅的一切讯息自动分类而后存入大脑的抽屉；透过阅读所获得的信息也以同等方式分类储存。这些都必须借助敏锐的观察力与超强的记忆力才得以初步处理。往后，又借着短暂的回想，将个人特殊的情感之流灌注在每一类抽屉的每一条信息上，使作者与这些零散材料起了亲密的联系，但这仍然不足以成就一篇或一部完整的作品，它们只是奇异的光点，闪烁在大脑的每一个角落，等待刺激出现。约略地说，有两种不同的刺激来源，一种是自发性的，当某一类抽屉内储存的光点过于庞大，或作者陷溺在某种强烈的心境里必须抒发，或曾拟立的写作计划已累积足够材料，或很现实的"缺钱"因素，都有可能促使作者立即动手；另一种刺激则是外来的，基于约定承诺的专栏性文章或媒体的定题邀稿。不管哪一种方式的刺激，作者在动笔之前都必须打开抽屉，以较长时间的回忆活动倒出抽屉内的存货，做精细的归纳与演绎，赋予材料一条意义的锁链，并推敲用什么样的技巧呈现。为了达到这个目的，有些材料必须增补或删改，丰富的想象力与虚构工夫在此时发挥作用。而所谓原则，是指作者是否具备高超的生命视野与独到的美学训练，这种能力的旺盛与否，决定了他将平淡无奇的材料写成巨著，或将可能成为巨著的题材写得一塌糊涂。

罗马不是一天造成的，短幅文章固然必须经过这道制造过程，长篇巨构更要加倍反复，作者脑子里都有一格未开的大抽屉，企求在创作生涯告终前写一部让自己可以含笑九泉的作品，有时必须耗十年、二十年，才有力道打开大抽屉。寂寞不是因为听不到掌声，是不知道自己的罗马何日盖成。

如果同意灵感是个动词，则触媒无所不在。白花花的太阳照在每个人身上，生与死的圣杯在每人手中传递，与其奢望所谓的"灵感"从天上掉下来不偏不倚打在脑袋，不如打开身上的警报器，进入备战状态。

以 汗 相 赠

把季节当作情人。春季浪漫富于幻想,是头戴桂冠的吟游诗人;夏季热烈勇猛,是手执刀斧的战神;秋天沉郁悲凉,像浪荡漂泊的游子;冬季睿智庄严,是个隐士。四个情人我都向往,各爱三个月。

季节循序嬗递,自有它们的道理。大自然的雄壮力量与丰沛情感乃为了不断诱发人的性情,以相互共鸣、回应,共同成就美。如果,排拒其中一个季节,则意味着,我们将无法经由四个情人的完整经历而获得完整的美;那么,对真理的领悟也就有所残缺了。从熏风暖柳到酷雪寒梅,我宁愿以谦虚的心融入季节。所以,当战神一般的夏天破空而来时,我是不会要求他捎一首抒情诗的。

辣日、暴风雨、绿得像发狂的血液般的山林与呐喊的蝉,夏天本来就应该是个战场。我们的情感里也有向往骁勇、雄壮的成分,夏天正是为了呼唤这道力量而降临的。

季节没有错，错的是人制造太多浮华的物质文明，又放任文明所带来的灾难四处泛滥，使得夏天无法扬显其美，反而浓缩成令人难以忍受的酷热。在丑陋的都会建筑、壅塞的街道以及秃山死河面前，想跟夏天谈恋爱，只好躲入冷气房全凭想象了。

所以，我习惯在夏天早晨五点钟起床，散步或写稿，至少有三小时时间拥有夏日恋情。当热烟与废气连同酷日开始肆虐时，我已经疲困了，也就不在意。晚间转凉，开窗迎风，在蛙鼓声中工作。偶尔，夏夜的月光照着案头一角，迷蒙如战神的泪雾，我便得到安慰，继续以汗相赠。

梦 的 废 墟

梦一直困扰我,所以长久以来养成习惯,把做过的梦记录下来,赫然发现,现实只是梦的废墟。

1

我好像在旅游。起初,跟一个小女孩,她几乎是侏儒,爬一座很矮的圆形小山,长了竹子和树,山被暗绿的草覆满,我几乎可以用手捧起来,可见其小。但当她领我走进山里,我的身体也变小了,觉得竹、树又高又密。她的左手拿一根拐杖,我的右手也拿一根长杖,我一直打旁边的草,怕蛇!我们要找山底下的一条河,好像要洗脚!可是山变得险恶,到处是悬崖。她说:到别处找吧!她知道有一处宽阔的河滩,里头有水有鱼,也有蛇就是了。下一幕,我已经在河滩上,她消失了。河滩一望无际,鱼又多又大,串成长形到处游,大概每三五条互相咬住尾巴一队;蛇又长又多,都在游,同一方向,发着闪闪的银光。我有点怕蛇,等蛇都游过了才继续在河中行走。后来,看到很多人在挑鱼,原来这河滩是很奇特的市场,人们可以自由下水挑鱼,所以鱼被串成一长条。那些鱼都是活的,嘴巴一张一合,没看到麻绳之类,却都串得很好。我没挑,看她们挑(都是女人),好像也没人挑中。

2

我在街上走着,走在一个男人后面,他是我的"情人",可是我不认识他,也不知姓名。忽然,有两名歹徒逃窜而过,另两名类似警员的人迎面追击,要射杀歹徒,我发现了,躲在"情人"背后。这时,变成警员要射杀我而不是歹徒,子弹误射在情人脸上,他倒下,我大声叫他、摇他,我在哭,四周无人可求救,他流血了。我抱起他,跑着要找医院。忽然,那两名警员在我面前散步,看见我抱着流血的人居然不帮忙还在笑,情人也在笑。他们三人完全不能理解"死亡",我在毫无死亡意识的人面前独自绝望。梦结束。

3

我往郊外去,坐车,要到有河水有绿地的地方。风景出现了,我变成走路,但怎么走也走不到。我又搭原车回来,我下不了车,每当我要下车,这一站已过了。

4

主要的梦是:妹妹死了。我在家里(摆设不像家,但我知道那是家),门外传来"快送医院"的惊呼声,妹妹与乡下的邻居玩,他用长棍打断妹妹的脊梁,送医不治。妈妈与弟弟都去医院,我在家守着电话(这是我的逃避行为,我害怕去医院面对死亡),电话响了,有人告诉我"死了",我放声大哭,要赶去医院时,弟弟们已抬着妹妹回来,担架很奇特,像"井"字,她躺在中间。他们没有悲哀的表情,像抬一头猎兽,频频说:"重啊!"我与妹妹对看,她忽然张开眼睛对我眨眼,露出神秘的笑。弟弟们将她从担架上用力甩到床上时,她的身体一分为二,一前一后,后者是肉体,半裸露,前者是灵魂,分裂时有脱壳之声。我一面哭(只有我在哭)一面非常心疼她,见她的肉体裸露,抓起一件半黑半白的毛衣覆盖她,以免她冷。我爬上床,拥着她的灵魂,像拥着一个情人一样,非常温柔。她问我:"生命最终的意义是什么？"天真无邪地。我搂她，以脸摩挲她的脸，说："追求解脱！"我流下泪，她则以无邪而明亮的眼睛看看我，我说："你已经解脱了，就无忧无虑地去，另一个世界是很美的乐园，你应该高兴马上就要去了！你要回来告诉姐姐，那里好不好玩！"她面带笑容说："好！我们约定半年后我回来找你！"梦结束。

5

在梦中游荡。梦中依然一个人出游，绿草如茵的江岸，一棵棵高大的花树静静地依江而立，无叶，有的开花，有的不开。花很艳丽，像粉红色的牡丹吧！我在江边游赏，看到对岸的花，发出惊叹。

梦中的距离可以随意调整，原本隔岸看花，花小，叹息之后，有一朵花自动来到面前，我才看清花瓣上有几丝白色花纹，但花树仍在对岸，我跃江而过，站在树下静静观赏，没有摘它，每一朵都又高又大，也摘不着。

我似乎起了摘花的念头，沿江而行，高树的攀不到，矮树的没开。忽然，岸边坐着三个女人，很小，年轻，像孩子般的成人。其中一个，很快乐地对她们说，她知道简媜会来看花，言谈间似乎对我很熟悉，可是我不认识她。她说话时，我站在一棵树干后偷听，第一次，在梦中我发觉自己叫"简娲"。我转身而走，她们没发现我。

接着，路边堆积很多闪闪发亮的石碑，也很美，我凑近一看，是一堆排列整齐、尚未镌字的墓碑，最上面的那块刻了字，黑石上刻金色字体，闪光就是金字发出的。我看不懂是什么字，因是草书，但我知道，那一排石碑表示即将先后死亡的人，每一块都有主人。不远处，有个年轻男子正在镌字，非常专心，他没看到我，但我明白，等他把字刻好，表示有一个人要死了。

接着，我来到树林里，要在竹子的最尖端点蜡烛，很奇怪，每棵竹子的尖端都不见了，风又大，我非常着急，一直寻求。点烛可以驱凶避邪，我在竹尖点烛，可以化解死亡，我要阻止死亡。蜡烛终究无法点上，忽然出现一群形貌怪异的矮人，告诉我有一种灯可以挂在竹枝上；形状是一根钩头长杖，左边伸出两个半圆形托座，一高一低；右边则只有一个，左下托座及右边的上面各放一截燃着的蜡烛。他们要我去找这盏灯，它可以化解死亡。但是到梦结束为止，我没找到这盏灯。

——梦中镌墓碑一节，应是现实的倒影。日前，坐车经过万寿桥附近，等红灯，看见路旁铁皮屋内有一位老人正在镌碑。当时，我从车窗看他，心想：他替那么多人刻墓碑，不知将来谁替他刻墓碑。又想：如果我是他，要开始为自己刻碑了，免得别人刻丑看了生气。但是不通，不晓得何年何月归西，时间无法刻。继之一想：竖什么碑，死都死了，难道怕天下人不知道你已经死了吗？

6

梦见失火，有人尖叫，火焰沿着海岸线吞噬而来，潮水似的人群奔逃着。我似乎很镇定，抱着一床薄被——我想露宿野外会冷的，于是一个人逃到山峦叠嶂的凹处。

人群、棉被消失了，只剩下我，在暗绿而荒凉的山里独自行走。看到一列废弃的红色火车，我掏出票，座位是六车三号。

没有人，只有我上车，车开了，看见车厢内灯影摇曳，闪着绿色透明的光，灰暗、诡异、神秘的感觉，有一个人背对着我吹奏某种乐器，在他旁边的旧桌上，有一盏绿玻璃制的长颈阔腹灯，形状像花瓶，没有点灯，但我知道车厢内诡异的绿光就是这只灯瓶发出的，而且他的吹奏引起绿光。那种绿，很冷、很刺、很恐怖，是一种接近死的感觉的绿。我突然明白，那绿瓶是用来装一条大蟒蛇的，瓶内没蛇，表示大蟒已出来了，不知潜伏在车厢的哪一处？我发抖、尖叫，顿时明白整个列车就是蛇的身体！我跳车，跌落在铺满千百年枯叶的地上，那濡湿、柔软的腐叶又令我觉得是蛇的触觉！我发现列车根本没开，仍在原地。我又上车，从原来的车厢一直往后走。第一次上车时，路旁有一牌子写"二车至六车"，我的座位是六车，照说是最末的车厢。但我为了摆脱蛇魇而前行，列车变成无穷尽的车厢。

7

梦里有人追杀我，我一面跑一面回头，没看到人。接着，追杀者出现了，以双手高握大斧头的姿势追我，但没看到武器，我再看，天啊！那不是"我"吗！"我"要追杀我呢！梦中很理所当然，"我"要杀我！只不过，那个我比较高壮，长得也不像正在逃命的我。

追杀者消失。我走下一处石阶，光线灰暗，石阶蛮长的。我似乎从亡命中回到安全之处，对那个地方很熟悉的样子。

我要开门，左边马上出现像花圃般的处所，里头站着一条条紫、黑色交杂的蛇，它们很乖，像水草一般款摆，我不怕它们，好像理所当然是我的宠物或摆设一样。右边出现一棵高大、枝丫虬结的黑树，没有叶子，完全是一棵大黑树，上面结着累累的果实；再一看，不是果子，是一颗颗骷髅头。我毫不恐惧，理所当然地用手抓起自己的头颅挂在枝丫上，仿佛脱帽子一样，只不过我的头颅有脸有发，他们都没有。摘下头颅的我好像还是很完整。我要开门，紫黑蛇张开嘴巴，吐出红叉舌信，我摘下舌信当钥匙开门。我明白那群蛇圈养在那儿，就是给我当钥匙使用的。

那道门是黑的、柔软的，感觉上像那棵树的所有叶编成的。我进门了，看到非常宽广、华丽的橙色天空，像晚霞时分的天色。而土地是一望无际的褐黑荒原，完全看不到一株草或河流，有很多黑衣人弯腰松土，没看到工具，没看到脸，沉默着，很认真地在荒原上工作。我似乎不必工作，因为马上出现一座围着白色帏帐的床，而我接着已躺在床上睡觉了。

如果那是地狱，显然我在地狱当的"官"还蛮大的。

——摘头颅的情节可以在现实中找到线索。几天前，清洗一些瓶子，其中一只找不到瓶盖，随便找了几个宝特瓶的盖子替代，都旋不紧。当时我想：如果人的头像瓶盖一样可以旋下来，那么当我们去吃日本料理时，除了脱鞋之外，还得把头旋下来挂在"头架"上，不知道会不会出现散会时，有人穿错鞋、旋错头的事儿？当他们旋上别人的头回家时，老婆还认得自己的丈夫吗？没想到厨房里的无聊念头竟跑到梦里继续发展！

到底是我"梦"着梦，才有夜游；抑或，梦"梦"着我，才有白昼？

梦 的 狼 牙

梦是一匹狼兽。

通常在月黑风高的夜，梦以它的鹰眼逡巡时空交叠的罅隙，以狼牙啮破价值系统的铁丝网、道德规律之栅栏，又蹑手蹑脚避过现实定位这枚地雷，来到主人的睡榻，开始梳理鹏翼，准备它的夜欢。

人在床上辗转，因为梦的龙爪正在舞蹈；人若汗泽淋漓，必是自己的梦兽与他人梦兽正在抵斗或缱绻。

在梦的疆土，时空非常自由，白昼与黑夜可以携手，山巅水湄、星空海洋随意交糅。距离不是不能跨越的鸿沟，更多的时候，它代表一种隐喻，谁梦的过程中，解释了情节变幻的意义。梦，如果当作一篇小说，它是写给醒后的自己看的。它既以现实世界过去时空所累积的庞大生活经验为题材，又让自己亲身参与故事（不管是直接参与或以旁观的方式间接参与），所完成的故事又献给唯一读者——醒后的自己。因此，梦的连锁活动至少有三个我参与，他们的相对关系是过去我、现在我（梦中）、本来我（醒后）。生命，真像一幢不断伸展的建筑，每一层楼都住了一个我，虽然各有规矩及秩序，却又鸡犬相闻、长相往来。但是，一生所做的惊奇幻变之梦，又是谁来指挥其顺序？为何此梦在此夜不在昨夜或明夜？连续的梦是谁在撰写？梦与梦相互问答的关系谁在安排？欢娱的白昼为何得出悲伤的夜梦，悲伤的思绪却又换来清淡的梦喜，谁让悲欢互补、聚散同床？

如果答案也是我，这个我是否为一超然的存在？它既能掌握每一层楼的房客，又先验地知道即将伸展出来的楼阁。它必定不屑于使用我现实的名字，又对我锦衣玉食的身份加以嗤鼻，甚至浑然忘记人有性别。它喜欢拿现实世界使用的语言开玩笑，在它的地盘里，爱与恨有时同义；它迷恋色彩与声音，不断经营图案与意象使梦中的人们相谈甚欢从不产生误解。它能呼唤现实里不曾见过、不认识的人来到梦中共话家常，它没有年龄也没有确定的形貌，它乐意我猜想它拥有什么，可是不肯揭开谜底。它不会反对我以鹰眼、狼牙、鹏翼、龙爪去想象它，因为它充分了解，在一个以五官七窍验证存在的世界里，对任何不存于现实之物的描绘，都只是一种拼音。

所以，我称它为梦兽。

梦兽像个顽皮的儿童，时常潜入各层楼阁翻箱倒箧，找它的零食。现实世界灌满特定意义的符号,在它的手中拢成一堆瓜子,它慢慢地嗑,又一枚一枚地乱抛瓜子壳,有时嗑到长霉了的瓜子肉,它纠个眉头,随口吐到上一枚瓜子壳上,哇啦哇啦抹了嘴就逃走。醒后,搅得人莫名其妙:"梦到一个小学女同学,十多年没见面,也没消息了;可是梦里她的名字是几天前才认识的一个男人的名字,他们毫无关系。"这就是梦兽,它永远学不会葵瓜子壳不能装黑瓜子肉。

这兽也是仁慈的,见到道德规律这部紧箍经咒得主人头疼,弄得人白日花花差点颠倒走路。夜半和衣而卧,兽来了,凑着月光静静凝视睡眠中的主人,竖耳听她的鼾息,温和得像一名守护奴。它听明白了鼾息中潜藏的语义,忽然感到忧伤,用丝绸般柔软的长舌舔一舔她的脸蛋儿,决定为她唤来不敢爱的恋人、不敢行动的故事。这晚的梦兽一定疲于奔波,它必须赶到那恋人的卧榻,向它的梦兽商量:"我主人苦着咧,让他们聚聚!"可是人家的梦兽会抗议:"怎成,我今晚的故事还没讲完!"这兽怒了:"去是不去?"一面捋断一根虎须准备向那人身上掷去,兽都知道这会招噩梦的,于是那兽乖乖地让它掳魂而去。这一晚一定过得特别快,天光初透时分,相隔两地的恋人悠然醒来,同时叹息:"唉!我梦见了!"这时,即将消逝的两匹兽必定临空畅笑,拊掌称好。

梦兽无事可做的时候,就去打猎。偷偷潜入未来的禁地蓊径,变成偷故事的贼。那儿,堆积如山的故事正在分批、包装，按照制造日期将运往各个国度各处港湾。这兽糊里糊涂的，见着什么就揣口袋，也不瞧仔细故事上的标签到底是何年何月何处何人，喜格楞登兜一怀断简残编倒在床铺上。做这种梦最辛苦，醒后，一根铁杵敲不破一只闷葫芦："真奇怪，梦到八竿子打不上的事儿！战争、桂花树、一首古歌谣……"到底是因为一首古歌谣遂在桂花树的原野掀起一场战争？还是在烽火硝烟的战场上忽闻一阵桂花香，忆起故乡的古歌谣？或者，编得离谱点儿，桂花树冒花的时候，像兵荒马乱的沙场；桂花似雨落的时候，像一首忧伤的歌……做梦的人只好把这一题算术写在纸片，钉在墙壁上。过了几天，答案出现，原来远方国度有战争；行经城市小巷时撞见一棵大剌剌出墙的桂花树；走进咖啡店，正好播放一首歌谣。心里暗骂梦兽，真是一头半斤八两的预言家。

这兽并非不懂一斤十六两，它自有分寸。梦到亲朋好友陷于灾厄，大都实现了。可是它抵死不偷主人的死生大事，顶多憋不住暗示一下，譬如要搭飞机远游，临行之前做了与死亡相关的坏梦，醒后急躁不安，所有感冒的症状一波波出现，到小诊所打针取药，不得不挂电话取消旅行，原因当然是生病，最容易获得谅解的理由；为什么突然生病，因为做了坏梦，为什么无数次旅行单单在这回做了坏梦？检视所有可能的理由依然无法一针见血地回答。梦兽当然恕不奉告，做梦的人也没有勇气与梦打赌，赢了无益，输了可是亮晶晶的一条命。现实经验能提供梦的沃土，反过来，梦也干预了现实纪事。梦兽这一行饭的确不好吃，每个人都将寿终正寝时，前一夜的梦兽一定抱头撞墙，哭得死去活来。可惜没有人能说出一生里最后的梦是什么，大部分的人临死之前还是悠哉悠哉的。

梦兽着实委屈，想起这等悲伤事，噘着嘴蜷缩于主人身侧，像丢了童玩的孩子一般泣诉："你若死了，我怎么办？"主人正当年华，哪懂死的冷暖？打个呼噜，转身又睡。这兽幽愤独多，目露森冷之光，即席编几个绝境：让她眼睁睁看着至亲淌血，抱着亲人狂奔于市街上，却发现三三两两的陌生人悠闲散步，怀里的亲人一面流血一面睁开眼睛对她笑，她身陷于无死亡意识之城独自抵抗死的刀刃；又让她与眷恋之人执手话别，她已预知分别后那人即将命绝，才要开口，满口牙齿忽然尽落，独自和血吞下；她又蹲踞在堤岸，看着自己的身体漂浮于肉体模糊的血河里，所有前来挽救的人都被河湍肢解，她一一漂过残骸，犹能辨认断手断脚及头颅是属于谁的，还叫了他们的名字，血河永无尽头，被凌迟的身体终于对观赏着的自己做出临终告解："人必须先释放所有的人，最后才有可能释放自己！"河水因为这话而清澈起来，变成一条透明干净的河，漫游的水草随身体而漂浮，一直到河面上出现两朵艳丽的花。梦兽满足了，主人已知道死亡乃孤独之旅，旅程中唯一能安慰自己的仍是自己，在一一呼唤世间里的名字之后，必须放弃所有的固执、嗔恨与爱痴，这些都是带不走的故事啊！一生若是一场黄粱梦，醒后只记得水草与艳花，倒也是简简单单的风景。

梦兽也是恋土的，拐着手肘轻轻触问主人："你想家不？"这兽又不用功，不知道家都有地名的，驮着主人要回家。梦境里，走很长的寂寞路，攀越不长绿叶的白枯林、会悄悄移动的山峦，又像一枚球果从悬崖滑下。逢人就问：有没有一个秋香色的故乡？每个人都说：这就是！可梦里人知道明明不是，又得继续找，不知怎的走进透亮的冰蓝世界，沿着小石阶往上走，发现冰蓝色是一个巨大的立体世界，它像一块冰石，每一面交互映射出很多个自己、很多方向的石径，终于被蓝色锁住走不出迷宫。醒后，把梦兽叫出来审问："哪一个浑球告诉你的？什么秋香色的故乡，有这种地方啊？"这兽也会顶嘴："我喜欢秋香色，我要跟你住在那儿，不行吗？"

主人又问："为什么单挑秋香色？我从来没说过喜欢秋香色，我喜欢红色、黑色，可你看看你编派什么梦，红色变成恐怖的血河，黑色变成一幅泼墨山水，还叫我穿黑衣走到画里去！你根本误解了我的意思！"兽无辜地抓耳挠腮说："好嘛，我下回不编红色黑色的坏梦行了吧！可你不能批评我的职业道德，你自个儿不清楚吗？你爱红与黑，其实是爱复仇与毁灭、爱征服与杀戮，我满足你的狂妄……"主人挥挥手,阻止他再说。"我们谈秋香色……"兽低头冥思,叹了一口气:"前几日,你在稿纸上推敲一篇文章的题目,满纸写了青苔巷、青苔巷……你动了念头。"主人说:"动了念头又怎样?我可没说青苔是秋香色啊!"兽答:"嘻!秋香色好哇!没有人能正确找到秋香色,我们窝在里头安安静静地,多美!我们找得到别人,别人找不到我们!"也有理,可是主人不明白:"梦里的人怎都说是,明明不是。"兽贼贼地笑:"我用了点技巧,每个人都说谎,你才会非把真的找出来不可,我懂你透透的哩!"那冰蓝色怎么解释?兽沮丧起来,哀怨地说:"说真的,我也不确定故乡找不找得到。昨天,你穿了蓝色的衣服赴约,虽然谈笑风生,可内心里沮丧得很,我想用蓝色做结论,你会懂我的意思。"兽怏怏地走了,主人在床上吐了一枚蓝色的叹息。

这兽顽皮起来,简直是造反。明知道主人怕蛇,一听到蛇字就汗毛尽竖、脚底发痒,偏偏造个蛇梦吓人。梦境里一望无际的蛇,圆形的地球上长的全是蛇,大的小的长的短的,曲溜溜地蠕动;睡的怒的两两交缠,不断发出嘶嘶的颤音,互吐舌信又四处爬行,梦中人站在蛇穴边,眼见众蛇缓缓逼来,立足之地即将被蛇浪淹没!主人尖叫而醒,一身冷汗,独对阒寂的夜半大口喘息。

梦兽踏着月色而来,邪邪地问:"吓得痛快吧!"主人气极,一脚踢去,叫它跌个大巴叉:"你这个杀千刀泄不了恨的坏家伙！"这兽拈指弹去羽毛上的灰，漫不经心地说："这怎能怪我，你心里有蛇，我才能造蛇。"

主人回想小学时，一个顽劣的男孩子将一条小死蛇放在她的茶杯里，吓得她发高烧喝符水，几十年来蛇肉也吃了，蛇汤也喝了，那条小蛇还是赶不走，算来不能怪梦兽。

"你必须知道，人对第一桩令他恐惧之物的记忆不会消失，只会一层层往上加，当在现实遇到足以唤起恐惧记忆的事件时，原始的恐惧之物就会出现。"

主人说："的确，最近我为一位罹病的朋友担太多心了。可是，你知道，蛇在现代人的词典里已经变成性的象征了，我甚至不知道对于蛇的恐惧是否也包含另一层隐义？"

梦兽转溜着眼珠子，划出一道流星："又是弗洛伊德惹的祸！这老头人是不错，可是对我们梦兽运用材料的能耐太不尊重，我郑重告诉你，你是先做梦才看弗洛伊德的解梦书，不是先看解梦书才做梦，换言之，在你梦境出现的任何材料，其来源必须从你自身的现实经验去挖掘——这些材料，有的置于记忆仓库的底层，有的是新加上去的。在梦里，旧材料可能装的是新经验，旧经验也可能运用新材料表现，你得先弄懂材料的来源及当时获得的一切情境，再考核材料与经验何以交叠的关系，然后才能解析梦境所要传达的讯息。梦是做给自己看的，它不会运用你自身所没有的东西。"

主人似懂非懂，纠着双眉问："梦的解析家们归纳出来某些性质相似的材料象征了性领域的活动,你也不以为然吗?"

兽颔首而笑:"你是指手杖、雨伞、锤子、树林、洞穴、帽子、花朵……这些玩意儿对吧!唉——"这兽悠然长叹,竟使拼花棉被宛然生波:"你所居住的地球上,万物形貌化约到最基本图案,多是长与圆不断互生与对生的组合,甚至生命的繁殖也不脱离这种组合技巧。人模仿自然,建筑文明生活,更铺布此一奥秘。如果你仔细观察生活,你将发现太多的组合例子,火车与隧道,吸管与椰子,手指头与戒指,水果刀与橙子,耳搔子与耳朵,电线与灯泡,汤匙与咖啡杯,茎与花,树木与果实,钓竿与池塘,牙刷与嘴……长与长、圆与圆的互生关系,长与圆的对生关系,是建构万物和谐的两大基础。因此,不必等到做梦才来分析长、圆之物是否暗示性的活动,你大可大白天张开眼睛看看无时不在的长与圆组曲。如果,这种关系是性,它绝不只是男女逗欲之性而已,它更透露万物合作的基础关系。"

兽一番谬论,口干舌燥,引舌舔唇,主人惊觉舌与嘴也是长与圆的关系,赶忙打蚊子似的将这歪念打掉。兽见了,露齿贼笑:"小心我编个不长不圆的梦!"

主人说:"既然蛇没什么恶意,这回先饶你!我困了……"

兽拈指弹去主人颈肉上汗渍后的盐巴粒,说:"我可不保证下回蛇来了,有没有什么隐喻,我说过,旧材料可能装新经验！"

主人挥了个手："下回再说吧！可你给我记住，要吓我一两条蛇就够了，不必满坑满谷！"

兽耸耸肩："跟作家学的嘛！这叫夸饰！"

兽也关心主人的终身大事，心血来潮便造个独游冒险的梦。

主人傻不愣登地在一名侏儒的指点下，走进挨山傍崖的一座小村庄，三三两两尖笋似楼房一片白漆，干净得像以初雪涂壁。主人像与这村极熟，自个儿四处溜达。忽然，见到一群人围观一名男子表演半空走索，那男子只有上半身，腰部以下全无，主人不以为怪，理所当然的样子。

接着，离了人群，要找水洗脚。这村傍崖，崖缝喷泉自成一窟水，主人才探脚，却发现水色转红，水光似魑魅游影，窟底一颗男人头颅睁眼看她。某女人蹲在崖旁洗衣，轻描淡写说这窟水会吸人，落水即缓缓淹溺。主人又找到另一窟水，两岸交夹合抱而成，水清澹澹生波，主人又探脚，蓦然水底又是一颗男人头。有善心女人借给主人一钵，以钵掬水，免得落足。主人掬水，见钵中有一只银铸的蝉，浸得十分水锈，身旁的女人见这蝉纷纷走避，好似不祥之物。主人独自把玩这只银蝉，忽然蝉首生出一条细珠子缀成的银链，主人探头见窟底那头颅仍在，知道蝉是他的饰物，犹豫一会儿，把蝉扔回水中。

主人也做过怀孕生子之梦,显然梦兽不谙俗世人序伦常之理,梦境里主人走在黑夜白昼相间的路上,频频低头俯视身腹,因怀孕而一迳欢喜,可是身腹丝毫没有隆起。数日之后,梦里主人已产子,怀抱一白色男婴自个儿仔细地瞧他,梦里没别的人也不说话。二梦像亡佚的神话,回到母系意识的深海底,从自身取子。醒后,置于车水马龙的现代世纪,如果不想接受自己仍是未进化的单细胞生物,又不敢承认是雌雄同体的大女人主义者,只好怪梦兽偷工减料,叫主人生个孩子没有爸爸。

这兽也会动怒,逮着机会审判主人。美丽的夜空星点纷纷坠窗而来,衍生一场大火,燎烧着一匹散绕于卧室的白布。主人以脚踏火,火虽熄灭,白布已经烧出一道褐黑色的死灰。主人也曾在另一个梦里养一只可爱的小白鸟儿,鸟儿随时飞绕于主人身旁,以主人的手背为巢,那鸟儿竟变成手的一部分,可是鸟儿拉屎,把手背弄脏了,主人十分嫌弃,鸟儿飞走了,不复回返。主人到处找寻,撮口为哨,鸟儿不来,终于见到几只秃鹰黑压压地在旷地整翅。主人知道鸟儿已被吃了。梦兽肃着一张脸,啥话也不说,主人不待提审,知道自己近日作为伤了别人之故,早早在罪状上画了个押,绝不再犯。

现实世界无时不以蜜浆糖衣草营人命,主人从梦兽那儿知道,个人生命只不过是上下文之间一个孤单的标点。梦兽

187

驮着主人去游兰花山，乳色胭脂，满山皆是颤巍巍盛开的兰。梦境里三两友朋偕主人出游，拾阶蜿蜒而上，人却逐渐消失，只剩主人伫立山巅，鹄望四野兰花山，只说要等一个人，却不知那人是谁。梦兽不惜以绝美相告，要到绝美之地探幽，就得堪受愈来愈高的冷清。

这兽虽不饱读诗书，也认得几个大字。闲来哼歌儿，整一整羽翼，抠一抠指爪垢，像一枚多才多艺种子正在萌芽。闷得慌了，也会学高士阔步，摇头晃脑袋吟几句诗，要不嘛像临渊长啸的逸士，竖指在空中写毛笔字，自个儿乐得拊掌称好。

醒后，主人觉得莫名其妙，梦中那首诗倒记得，一念出来分明是没文没法的一串糖葫芦。敲敲梦兽的脑袋："这啥意思？不通嘛！"

这兽龇牙不好意思："我从你书上看来的，你用红笔圈了，我当是亮晶晶的字银子哩！"

这回换主人发威："瞧你这没学问不长进的家伙，早就告诉你好好念点书，编几个有学问的梦给我，我对人说：呐！我家里那头兽书读得饱饱的，昨晚又作了一首诗，多称心！你除了翻柜子找零食嗑字瓜子，还能有什么出息？我白养你喽！"

兽被刮得茸毛都逆顺了，嘴嘟嘟地说："干吗那般辛苦，你白天念书写字，夜里我背你玩去，多美！比你有学问的人也没逼他的梦兽写功课,你要我学你读书画红圈圈,我还有什么尊严?我们做梦兽的,又不必写论文挣学位,谁稀罕出书得鸟不拉屎的奖!你用那一套管我,别人家的梦兽会笑话我,我以后讲话还能用吼的吗?我看我们得签个约按指印,白天归你,黑夜归我。"

主人想,也是个法子,现世里没人能跟一辈子,好歹这兽会跟一辈子。看看夜幕又垂,晚星一颗颗晶亮,打了呵欠:"今晚咱们去哪里戏耍呀?"

兽又精神了,哈腰替主人拍枕掀被,一股热腾腾的暖气呼动主人脸上的汗毛;它的鹰眼亮了,狼牙尖了,鹏翼展了,附耳亲昵地对主人说:

"我们回秋香色的故乡。"

宛如身在秋林
——三十之后

时间通过我们身上,如天外飞来一群白鹭鸶,停栖在湖畔,或交颈嬉戏,或衔羽啄水,不妨碍风景,甚至添了几分野趣;然而在它们日夜饮啖之下,湖泊渐渐干涸了。

时间成全故事,也把人变老。

年过三十,大约就跨入秋季门槛,少了年轻时期的燥热,也还不到雪夜呵暖的地步。最明显的改变是,对时间起了一份敬畏之心,不再像二十郎当岁,花时间就像撒黄金白银,自恃府库丰盈,全然不当一回事。接了几张讣闻,逝者皆在英年,又听闻几桩半空折翅的,亦是花样年华萎落在病榻上,自己才认认真真坐下来想:我还有多少时间?

如果中年心境的分际线除了以实际年龄划分,也包括心智阶段的转变,那么,我大约在未满三十之前就提早迈入中岁了。是好是坏很难论断,坏的方面是少了撒野娇惯的福分,无法享用受人呵护的滋味；好处是，不得不与灾厄面对面，学了浪里行舟的技巧，此后便能健步如飞了。此时，方能从灾难苦厄中体会恩赐；此身幸存，又能开辟一条身心安顿的文学路，便是苍天赐我之大恩。于是，自最基础的幸福点重新观赏生命、体会人间，才能发现过去为之号啕顿足的困厄之事乃人生的奇幻风景，无一不是成就新生命的逆增上缘，当年种种嗔怨的情绪，如今想来令人汗颜。

跨入三十，观看人事的视界放宽了，很多事情并不像过去认定的，必须单刀直入截然两分：是非、对错、祸福乃两两互为因果，相对会照而非绝对两立。从此处看为"祸"的，自远处看说不定是"福"；我认为我对的，从别人立场看说不定是错。在人我世事之间，渐渐希望取得共生和谐，而非偏执的以自我为中心。现代工商社会竞争性格强烈，不自觉地陷入集体制约，人人以自我为中心，说是追求自我，然而这个"我"除了自己目中无人，这样的自我恐怕不能令人信服吧！如果在追求自我内在的丰盈后，目中有人，且是愈来愈多人，岂不令自己欢娱！前者是自他人手上搜罗粮草集于己身，后者是从自己手中分派出去，一念之间决定了豪取或布施。能布施的人，心中自然纯净、富饶。

"随缘"二字，慢慢咀嚼之后开始回甘。随缘并非无所谓地消极停滞，而是以开朗的心情珍摄现境。人会移事会往，现境中的人、我、事、情，将在时间中渐渐变化而成为昔境，在现境中不实时成全的事,待变成昔境后,千军万马亦无法扭转乾坤,所谓随缘,便是放在无常的大背景上来看。职是之故,行步中与一株山涧野樱相遇,便随此缘而珍惜现境,赏之赞之,两情相悦;烟尘中,与人萍水相逢,亦随缘而相互成全,不管明日是否相离,心里都不会有憾。

人与自己的生命,也是随缘吧!谁也无法预估还有多少时间?常与朋友闲谈生死,他们笑我生年未满半百,却一副老年口吻。我说,如果我的生命在四十岁结束,那么年逾三十便算老年了;如果活到一百,当然三十出头还算少年。只是,我宁愿假设年华有限,不愿依托于虚妄。更何况,就算百岁有份,也不过是一副残躯留在世上缠绵病榻有何意义?如此一想,三十是生命的新里程,一则内境如初秋山林,清旷平安,二来正好有能力到外疆上驰骋,往志业范畴策马扬蹄。则不论生命何时告罄,都不辜负随缘的真谛吧!

文学是志事,早在三十岁以前就底定了。苍天化人,各有禀赋,我何其幸运,很早发现自己身上有一份笔墨心愿,又能在成长过程得到各种磨炼与护持,顺坦地走上这条路。与其说,确确实实有一个"我",成为作家,得享分内之声名利禄,不如说苍天在我的口袋放了一份礼物,要我将它琢磨成心灵宝珠,于有生之年分赠出去。才华寄放在我这儿,不只是用来图谋个人荣禄而已,它更属于众生所有。正因为步入中年之后,对生命产生新的体察,遂不再像二十多岁时视文学为个人锋芒的展现。有了这层省悟，我看待文学比以前纯净、坚定，只管潜心锻炼文艺，勾勒写作图谱，若侥幸还能有二三十年鎏金岁月，按图吐哺，应不枉苍天赐才的大恩了。至于一生所作，将遭受何种褒贬，都是身外之物。当我化为一抔土，若作品与人俱灭，表示才华不足、耕耘不勤，理应淘汰；若能在后代手中展阅，届时作者二字也不过是一个空洞的符号。如同我们被李白的诗歌感动，但"李白"二字已无法联结到活生生的实体。我视前人如此，后人亦将如此视我。可见身前身后个人的荣枯，都是虚妄。

穿过种种虚妄，再回到案前俯首振笔，心里平静如同天地无言而四季依序进行、星月自然交耀。

仍然沿着红尘的溪岸行走，白鹭鸶在我的时间湖泊戏水，我观赏秋天山林，那份高旷的寂静。

当我坐在峰顶岩石上

常常,我以为自己正盘坐于高山尖顶某块布满青苔的阔岩上,悠闲地看着这个世界。

没有人迹,甚至连骚动的小兽也不会到这么高的地方来欣赏野景。没有遮日的树荫,也看不见聒噪的花丛不断地叙述她的身世;事物与记忆的边界渐渐模糊,痛楚与欢娱焚成炊烟,我只是坐着,安静地感受苔石的冷意从下往上流动,丽日的温暖自上而下蜿蜒,两股能量终于在我的胸膛汇聚,非冷非热,我虔诚地记忆这种奥妙,好似是我的第一桩启蒙。

思绪经过多年练习,我已能熟练地从蜘蛛网似的人世脉络迅速抽身,沿着一条隐秘的垂直线往上攀升,回到峰顶岩石小坐,重新看世间一眼;于是,不难看到驻留于世间一隅尚未消散的我的身影,还在为某件非痛事件垂泣或是欢娱时刻与友人同乐。热热闹闹的现实,置身其中时我毫不怀疑;然而,回到峰顶石座,那些经历过的真实纷纷松绑,不再缠缚,仿佛是他人故事；我无从思索从高楼夷为废墟的过程是一瞬抑或一世，甚至不能辨认它们是否是我生命中的瓦砾与轻尘。

从什么时候开始养成在现实世间另行"造境"——开辟峰顶石座以揽观人生，大约是孩提旧事了。我至今仍记得那个背黑书包戴一顶黄色圆帽的小女孩，漫无目的行走于稻原阡陌全心全意问"我是谁？"的忧虑表情，她的质疑与困惑建构了我的生命底基。

我们应该怎样看待命运呢！如果作为一个人意味着必须逐步通过数道无所遁逃的难题，显然除了咬牙通过之外，我们已无法央求上天替我们摘除摆设难题的那个年月日。每道难题背后都有一张庞大复杂的因缘网，如果要规避丧亲之痛，得先取消父母的婚姻……然后呢？我有机会诞生吗？就算诞生在另一家庭，难道就能免除人生难题？我记得，在麻服加身、扶棺出殡的行列中，我低头看裹着草鞋的我的双脚一步步踩过碎石路，被咸泪灼痛的眼睛偶尔掠过仲夏时节的黄金稻原，那样辽阔且平静。人！人啊人！虚虚实实地存在着、欢乐着、泯灭着。可是，此时此刻，为何脚步这么重，时间这么慢？如同置身于幽闭的监狱，愈走，空间变得愈窄，仿佛要将人活埋。遥远山边，一列火车宛如黑色长虫穿过田原往阡陌城市去，我开始从可悯的丧礼中醒来看见自己活着，活在十三岁的身体里。什么语言都是多余的，我决定离开家乡去寻找天下，不管这个世界欢不欢迎一个十三岁的孤儿，既有胆量来到人世，应有胆量一概承担。

那个漂泊的少女已经永远消逝了，我感谢她在每一道关键难题面前像武士一样勇毅且理智，她清醒地知道石砾底下藏有沃壤与清泉，不曾松懈锄耕，她也知道唯有知识与教育能让她免除一般贫农孤女提早进入基层劳力市场与婚姻的传统宿命，她常常从噩梦惊醒，因为有人在梦中押她到成衣厂上工，她遂决定把整个少女岁月像祭坛的牺礼般献给未来的自己。那些独自赁居于废弃别墅常常面临断粮的寒夜，她把毛巾放入冰箱冷藏室用来醒神，压抑渴望家庭温暖的原欲，逼迫自己凝睇窗外深沉的黑夜自惕；不会有一双慈父般的厚掌抚慰你，不会有谁引导你的破舟航向天堂港湾。她打开抽屉拿出从文具行买来印着"真善美"字样的稿纸，那么光滑，宛如春日薄雾轻轻呵护着南国平原，她虔诚地流泪："带我进去吧！带我去找我的世界！"

然而，人之所以高贵，不在于通过多少道难关，在于通关之后能否以涵藏群山百川般的胸襟悯恤他人，进而做出喜舍。当她完成少女时期任务开展另一阶段人生，她却开始厌恶自己，潜藏于性格中的敌意恶化成杀气，使她不自觉地变成无法平衡的人。她意识到自己得面对一生中最大的关键：改革性格。她幸运地从佛理中获得启蒙，宛如病入膏肓的重症者学习幼婴诞生，重新虚怀若谷，检验行路中每一桩末枝细节，油然心生感谢。

什么语言都是多余，仅仅一念之间，看见自己回到峰顶阔岩上，朝滚烫的红尘人间，芸芸众生聚缘的世界俯首：请受我一谢！

不管英年或高寿，一生都仅是一瞬。我依然坐在峰顶岩石上，看摆设在人生道上的困局与美景，远远地发出玛瑙般的光。

人到中年有点傻

纵浪于海洋的白鲸会在适当时刻返回北极海域，进行宛如宗教般的自我洗礼；脱皮，借以祛除身上的脏垢与寄生虫。那场面想必十分诡奇，一尾重达一吨的庞然大物竟在浅滩或沙砾上扭头摆尾、摩擦身躯，其姿态介乎挣扎与舞蹈之间，那感觉想必也是痛楚混杂舒畅吧！

我非鲸，然十分赞同脱皮。若把人的生活视作一头兽，在时间、人群中奔驰久了，难免要长寄生虫的。不同的是，有的人恨这虫，必去之而后快；有的人虽恨，但心底明白，若没了虫群将抵挡不住"寂寞"这尾小蚕之啮噬！

年过三十之后，极触目惊心的经验是听闻白发苍苍的老前辈说："再两年满六十五岁退休，就可以做自己想做的事了！"其神情悦然，像等着过新年的小童。我很想问："那您六十五岁以前都在做自己不想做的事喽！"终究把话咽下，我焉不知好大一个险恶江湖缠住了人，叫他身不由己。

这江湖像魔窟，人居其中，初始不觉得奸险、狭仄，以为可以任我翻腾。日渐，人变大而江湖嫌小，想抽身却发现自己被困住了，这一坐就是一辈子的君臣、父子、夫妻。

因而，逃到哪里都一样，除非狠下心隐入深山，否则一开门就是人间世等着，涎着脸跟你清算恩怨情仇，且锱铢必较。于是，我率性地想：自己打造一个江湖吧！既然"缠"是人生本质，我要挑我喜爱的海藻、水草。

三四年来，我与我的同辈背道而驰。他们趁势在快速扩张的媒体蜘蛛网中占一席位，成为活跃的精英分子。而我，正好选择相反，走入绝对不会比搜藏蕨类植物或豢养昆虫更令人赞叹的"家庭"行列。做妻子、做母亲一点儿也不稀奇，我们的妈妈这么做了，妈妈的妈妈的妈妈……也这么做了。

也许，时候到了，我开始想要一个均衡的人生吧！我的成长过程几乎没有机会体验所谓正常的家庭生活，我也知道过量的破碎滋味赐给我超龄成熟的力量。但是，一个巨大的空洞仍在那儿，即使我努力地往内扔事业成就感、经济能力、知名度、一栋房子、知己好友、情人……那洞还在。其实，那就是"筑巢"欲望，不见得一定得归诸法律上的婚姻，却必须有相守的承诺。遇到一个没有能力承诺的人，到底应该修改自己与之相符，抑是在全心全意等待之后，开始整理行囊？实是一则公案。我这么想：虽是凡人，爱若爱到大雪满弓刀地步，接下来就是轻声告别了。聆听自己心底的声音即是解答也是解脱，我想给自己一个机会去修复、弥补那个破洞。我想要一个跟以前不太一样的人生。

另一个促使人生转向的原因是无法再承担疲惫感——对这个社会、对职场生态、对愈来愈媚俗的出版走向、对自己的一管笔要不要继续帮无可救药的稿件改稿……在精神尚未耗弱以前，我想我得想办法停一停。

都市丛林生涯是猥琐且残忍的，它擅长以甜蜜为饵将你全身每寸肌肤、每根神经、每丝情感换算成商品，渐渐，你变成年轻时最痛恨的那种人。要不，你得发疯；要不，你彻头彻尾成为虚伪之徒。

疲惫累积到接近压死骆驼的最后一根稻草地步，让我变得冷血起来，我知道个性中的杀手成分跃跃欲现。那时，我正在办公室阳台抽烟，酷热的夏日午后竟让我在汗流浃背中感到森冷，"时间到了！"心底的声音说。烟尽，掷蒂，就这么把抽了十多年、酗得不像样的瘾戒掉；就这么砍去一阶段之人生。

此后，这身体已非以前的身躯，欲望与生活变得简单明了。这过程，也是一种修复：让自己回归单纯的创作工作，让心回到未成名未得利时的纯洁、热情，让自己预先练习被忽略、被遗忘，于无声无影无人探问之状态下，犹能依循"纪律"前进。

人到中年，应该傻一点。意大利小说家卡尔维诺所谓"慢慢地赶快",说的就是这种心境吧!五光十色的舞台已非我向往之处,高耸的社会地位好像也不是有趣的事。我的中年情结里掺了少年热度与老年豁达,全心全意地在自己的工作里养一尾小小的"野心",浸入时间里,看能不能养成鲸鱼?

后记 藏与不藏

1. 藏

发现那只纸箱，才惊觉自己的某些行为愈来愈像母亲与祖母。高龄九十四的阿嬷虽然失明仍然保存"藏东西"癖好，眼前的姑且不提，就说四五十年前她两眼炯炯有神、身手矫捷还是个年轻祖母的那时候；辖区内有五个孙子，皮的皮、懒的懒，爱哭的爱哭、贪吃的贪吃。很快地，她制定"鞭子与胡萝卜"规章予以管教。鞭子，无须赘言，胡萝卜，换算成当年物资就是番薯饼、蜜饯、果子及金柑仔糖等零食。

祖母虽不识字却是个精算高手，她对孩童的咀嚼、消化能力甚有研究，其名言是：铁块放入小孩嘴里都会溶，还说我们"饿到青狂狂，连桌脚嘛强强欲拖去嚼"。因此，为了延缓零食被吃光的时间，她最爱买一小包硬邦邦的金柑仔糖犒赏"员工"，经济实惠，最适合用来驱赶小鬼。我们领得那粒深褐或五彩的小糖球，必定放入口中以免滚落于地找不着，痴痴地吮吸一会儿后，忍不住从嘴里掏出来观看它被溶解的程度，如掏眼球般小心翼翼，通常是，放回嘴里没多久，它就溶光了。

溶光了，当然再去讨一颗！不约而同，五个小鬼又缠上来，阿嬷凶巴巴地说："没有就是没有！"于是耍赖的耍赖、跺脚的跺脚，年纪小的干脆躺在地上哭喊、翻滚，状甚痛苦；

阿嬷掏出口袋以证明所言不假——这真是重要的一刻，同时启发我们两件事理：一、大人会说谎，二、糖果被藏起来了。

小鬼们一哄而散，跑入屋内，在客厅、谷仓、眠床、灶脚、衣橱分头翻找，齐力"抄家"，终于抄出日历纸包着的糖球，一人一颗，剩余的放回原处——当然，没多久，被移往他处，再不久，又换一处，直到只剩那张薄薄的日历纸。

藏匿与搜寻的戏码不断上演，阿嬷的手法愈来愈复杂，我们破解的工夫也愈来愈纯熟，甚至出现马戏团才看得到的叠罗汉或体育老师不敢教的民俗杂技。问题来了，阿嬷刻意追求高难度的分批藏匿术，以致连她自己都忘了还有一些藏在哪里。每隔一段时日，总会在谷仓一角找到长满青霉的椪柑两个，在棉被缝隙看到黏成一团的五颗糖果，或在碗橱顶端一顶斗笠下发现四片软趴趴的饼干，蚂蚁走成的虚线比我们的叹息还长。

零食本属奢侈品，又被如此糟蹋，难免惹出"民怨"，自此之后我们要求她"权力下放"，务必平分完毕，让我们吞入腹内一了百了，或各自藏匿自行负责 由此衍生之手足阋墙情节，如诱拐、共谋、争吵、偷取、打架、哭诉则不在此详述，参照现今政治生态即可。

移居台北，阿嬷老了，五个孙子长大后皆承续家族基因，从嗜糖小童转骨变成讨厌甜食的人，庆生时迫不得已买生日蛋糕只为了有个地方可以插蜡烛，昔日哭喊糖果、在地上打滚如丧考妣的情景已永远消逝。这确实剥夺了一个祖母的乐趣,若孙子孙女喜好甜食,她可以到处购买凤梨酥、绿豆椪、牛舌饼犒赏员工,如今,她无计可施,只能问:你乡下阿姑做的酱油要不要拿一瓶回去?

我母亲的藏匿哲学是不藏谓之大藏。昔年,她手上无零食管辖权,小孩不会找她,但女孩们总会对母亲的抽屉、衣橱感兴趣,东翻西找,偷偷挖一点面霜抹脸,穿上大衣照照镜子,甚为满足。在我们看来,她不只不藏而且不收,东西、物件随意置放,如此松散,谁也不会怀疑她有什么收藏。有一次,我问她当年出嫁戴什么金饰,她回房一会儿,竟现出一条令人眼睛一亮的项链,我心想:"吓!你的房间被我们翻过上百次了,怎从来没见过这玩意儿?真会藏哩!"我因此怀疑她一定具有蜘蛛人功夫,能飞檐走壁、倒吊晃荡,才能藏得天衣无缝。

藏匿的乐趣就在"工于心计"的过程——不被他人找到又不致连自己都找不到,前者难,后者更难。因此,藏功犹如设定密码,皆属一种自我挑战,而且,自己一定要战胜自己,否则,领不到钱事小,所藏之物曝光事大。

祖母与母亲最重要的一次藏匿战役不是防着我们,是针对从未谋面的人,小偷。

十几年前,我还住在娘家。有一阵子社区频传窃案,小偷连白昼亦出没,左邻右舍皆遭殃,财物损失惨重,辖区警方虽加强巡逻，但怎么巡也巡不到案发现场。照这种进度，迟早会轮到我家。家人商量对策，既然不愿花数万元更换铁门铁窗，只能消极因应；各人藏好钱财珠宝，家中尽量保持破旧、杂乱（平日即已如此），电视、冰箱、洗衣机等家电用品，要偷就请便，只要小偷不嫌重。

某日清早，我刚起床，见母亲蹲在阳台整理花木，从背影看，大约是替植栽换盆添土。我走近，她嘻然傻笑，仿佛做什么不可告人之事被逮到，此时我才看见地上有一牛奶罐，她招认，所有的金饰已用塑料袋层层包覆，置于罐内，现正要藏入花盆里。我大笑，赞她一流。只见她速速覆土，把原来那棵半死不活的榕树种回去，土上又布置了石头、蛋壳、烟蒂，将盆景放回窗台原处。我很放心，甚至觉得可以夜不闭户。

2. 不藏

相较于母亲的"掩埋法",祖母因视力退化必须尽量单纯,省去复杂手法,以免造成自己不便。我们盘问数次,她不露口风。后来,一再保证不会告诉小偷、我们也不会去偷,她才吐实:原来,她把数万元现金用报纸、塑料袋包好,伪装成一条猪肉状,藏入冰箱冷冻库,与贡丸、鱼、排骨、鸡肉共处一室。这招"急冻法"堪称出神入化,至此我非常放心,除了小偷找不着,我相信想得出这种妙招的祖母这辈子不会得老年痴呆症。

不久,某个鼾声大作的夜里,小偷果然来了。料想他无处下手又不想业绩挂零,只好偷书包。天亮,准备上学的小弟找不到书包,随后在阳台发现书本、作业散落一地,装车票与零用钱的皮夹被丢在花盆上,损失两百元,那是他当日的营养午餐与晚餐费。可怪的是,我们一点也不在意被闯空门,甚至懊恼自己睡死了没看到贼儿脸上复杂的表情。唯一激动的是两百元苦主,他很气,骂小偷为什么不干脆把课本、作业一起偷走。我们提醒他,"才两百元,不要要求太多"。

冰箱里那条"五花肉"愈来愈瘦了,举凡叫煤气、收报费、清洁费或身上欠缺现金时,就把那条五花肉拿出,无须退冰,即取可用，剩余的复归原处。唯一提出质疑的是一位煤气先生，"钞票怎是冰的？""不然怎样？你要烫的吗？"

就像幼时，金柑仔糖只剩那张日历纸，阿嬷藏的五花肉最后也只剩那张报纸。

一年半前，为了搬家不得不整理地下室储藏间，从最黑暗的角落拖出一只纸箱，上头只写"稿子，暂存"，却完全不记得是什么稿子。用美工刀划开胶带时，犹如法医解剖无名身躯，不带感情又搀杂好奇。一叠原稿、剪报现身了，散出纸张的潮湿味，这味道属于活的世间，像一头淋着暴雨的耕牛窝在草堆上，身体干不了，遂闭目养神，现在，阳光出来，可以睁眼了。

于是，发觉自己的行为像母亲与阿嬷；乱藏像母亲，藏到忘了像阿嬷。

我对写过的文稿常有自暴自弃倾向，除非隶属计划中作品或足以归并出主题的才会收妥，其余皆随之生灭；因此，有的只见原稿，有的只剩剪报，有的只记下篇名及发表处，原稿剪报俱无。海明威形容写过的书像一头死去的狮子，深得我心。写作最快活之时在于构思、书写过程，如一趟孤独的攀岩之旅，外人不解把自己吊在半空中有何乐趣，攀岩者却乐此不疲，继续挑战更高的海拔。然而，一旦作品完成，其后续琐事令人不耐，犹如攀岩者回家之后，总是腰酸背痛。

这箱稿子乃过去十多年间未结集之作，长长短短一百二三十篇，十分庞杂，随手抽几篇浏览——我得决定丢弃或保留，发觉混乱之中不乏趣笔，遂原箱封妥，搬至新家。新居不像旧宅有储藏室可存放一切碍眼之物，这箱子放在我天天看得到之处，成了眼中钉。

加拿大作家扬·马特尔（Yann Martel，著有《少年 Pi 的奇幻漂流》）处理失败之作的法子是放逐——不是放逐自己，是稿子；他从印度某个小镇寄出那包原稿，收信地址是虚拟的，在西伯利亚，信封上还写了回信地址，也是虚拟的，在玻利维亚。当他看到邮局职员盖上邮戳时，心情跌入谷底，痛不欲生。

相较之下，海明威的遭遇更惨。一九二二年，海明威二十三岁，为报社驻欧记者，他的妻子飞来相会，却在巴黎的里昂车站等火车时，把海明威的整箱原稿遗失了，这是他四年间的全部原稿，包括长篇一、短篇十八、诗十篇，就这么永远丢掉了。然而，海明威一点也不沮丧——请恕我如此想象：见面时，大他八岁的妻子伊丽莎白哭出声："我把你的稿子搞丢了，我该去撞墙！"海明威安慰她："亲爱的，没关系，那些都是失败之作！"伊丽莎白瞪大眼睛："既然如此，你为什么不丢呢？"海明威干笑两声，答："我下不了手。"

好。海明威一点也不沮丧，他重写。次年，出版第一本书《三个短篇和十首诗》，接着，《我们的时代》，再来……我推测，随着"救回"的作品愈来愈多，他与太太的感情却愈来愈糟，因为，到了二十八岁（挽救"四年间原稿"满四年之后），海明威离婚了。可见，他很在意这件事。

将近一年半，我既迷惘又烦躁，不想让稿子坐飞机去西伯利亚或是利比亚，也缺乏萨伐旅猎人海明威重写的能耐，只剩修改、整编一途；其个中滋味犹如减肥塑身，看那团肥肉如如不动，很想冲至厨房拔刀，因此，一度罢笔。之后，想起旧作《浮在空中的鱼群》《七个季节》早已自书市绝迹，不妨趁机归并，一起调控。此举乃搬石头砸脚后又用力敲头，是自我凌虐。果然，"开挖"不久，即仿效工地圈着围篱写上完工日期欺骗路人，里头放一部挖土机，没动静了。

后来，我寻思这事再拖下去也不是办法。万一我遭逢意外，文稿落入坏脾气编辑手里有碍我安息；若是一病不起，岂非得躺在病床上一面痛苦呻吟一面吊点滴改稿跟时间赛跑——果真是"忙得要死"，届时必定憎恨现在的我荒废光阴、疏懒度日。于是，鼓起精神整顿，挑出六十七篇较有可观者，又拆解《浮在空中的鱼群》（原有四十篇，其中十四则小品拟并入《下午茶》，四篇删除，剩二十二篇留用），前后共存八十九篇，逐一增笔、修润，务使残膏恢复甘醇、剩馥散发香气。依稿性、旨趣划分五辑：或爬梳寻常事理、提炼生活滋味，或怀想乡园旧情，或闲话旅行之所见所思，或追忆中学生活鼓舞学子,或归返自身记述成长、创作、梦境之体会与感悟;复按以东北西中南沿步道而行的意象贯串全书,以杂树、野鸟、藤、乱石、芒丛寄托这一路的心情。梅雨时节,竣工,名为《微晕的树林》。

二〇〇六年六月,台北

重修小記

每天清晨，起床梳洗畢，換上步鞋出門健走，是兩年來新養成的習慣。陽光柔美，空氣新鮮像從山上剛送來，走入天寬地闊中，如歸返童稚的葉子。

找喜歡變換路徑，幾經探索，取喜沿景美溪左岸前行；堤岸遍植高樹，茄冬、相思樹一路展蔭，野鴿、喜鵲、八哥隨意上下。堤岸左側就是山巒，拜軟體之賜，識得鵝角格山、猴山岳、樟山，連綿一氣皆是未開發的原生樹林。山腳往堤岸伸來，老樹、竹叢薿高密，無盡起伏的綠

2021
9月

景從此成為每日早課，戲雞鴨、招呼水同木——它若能解語，應知我心想的是：「如果你的果子是櫻桃該多好！」跨過事一條隱形界線之後，認識自然裡的新朋友比認識人更讓我愉悅。

回程，過橋⑥沿溪右岸，樟樹濃蔭散著清香；摘一葉擠碎嗅聞，即使隔著口罩也能被樹香撫慰，深及內心角落，這香味讓人縮小，小到如幼童，只知嬉戲不認得恩怨，遂面帶微笑。這僅是一葉之香即能擦觸肺腑，樹的療癒魔力不了小覷。

然而，生平第一次被澎湃的樹香圍繞，竟是悲憤的。

意，好像生生世世願意陪你緣下去。每走到這一段，總會放慢腳步，甚至停步實看。靠近路邊處，想必是地主開闢的，小池塘邊搭著簡單的寮舍，放養家禽，雞、鴨、鵝約四、五十隻，幼兒園規模。原本沒發現，甚日忽聞公雞引吭長啼，喔叫之聲像朗誦童話故事，那聲音像密碼，連結幼年的鄉村生活。理智判斷是幻聽，情感堅持是真的，尋聲而撐，方從茂密的樹扶縫隙窺得那一口池塘及閒步、覓食的家禽，順道認識水同木——一棵樹幹上結滿果實小粒的李樹，堪稱自動摘摘、裝箱只差沒當收件人的友善之樹，可惜不適合人食。這一段風紋白蝶，老醜陋●都市裡是價值連城的。

私有地與公有綠地●連接處是一片原生樹林，看得出有老竹、構樹、血桐及無法目測的數棵老樹；藤蔓附生其間，使得枝幹相接、密葉至●攀形成半空中的綠雲地帶。每逢大風，見綠雲湧動、大樹吟歌，自成一座微型的綠林。當年，我為了這樹林買這屋，更貪戀滿窗綠意選定別人眼中不吉利之數的樓層。人皆有所求，我只求離敵人華遠一點，離自然近一些。

●有一天早上，我翻開《微型的樹林》正打算重閱、修訂，窗外器械引擎聲大作，我以為是公有綠地例行性

忽然

家對面有座小丘，六十三階高，闢為公園綠地，巒樹、(植有)榕、桑、黑板樹、瓜葛樹等，樹齡約二、三十年，雖然未達蔭天蔽日，遮蔽烈日、擋住小雨也是夠的，達到不宜出門步行的時候，這裡成為舒展筋骨的好所在。

小丘毗鄰一塊私有地，老厝荒廢，葢芓園仍在。常見一老者闢十多畦葢芓園耕作，我默默欣賞他的身影，不獨是欣賞各種當季葢芓色，更重要是在精神上給他按一個讚：如此廣闊的建地竟然還留著老厝、葢芓園，當然是老(柚樹)輩的他盼著改建的子孫們。我路過此處還沽著，壓下春蠢欲動著改建的子孫們。我路過此處總要看一眼葢芓園，穿汗衫戴笠的他及從葢芓園飛出來的電鋸聲驚動鄰居，有人通知里長、主管單位，答以「私有地」了結。眾人目測恐非私有地，原來私有地與公有綠地之間還有一條道路預定地未開發，綠雲般的樹林在地籍圖上應屬此處，即使與私有地間有曖昧界線，也輪不到地主糾眾來砍，熟悉建築者推測與容積率法規相關，群組上發言熱烈，於是行動派的有人報警、有人錄影，有人丈量倒下的樹體直徑，這一切都在一個小時內進行，而一個小時持續砍伐●，倒了五、六棵中型樹，另一⦿棵更氣派的百齡大樹也倒下，倒地之聲如地震。

（三十年以上的）

「最無法改變的邪惡便是那種自以為知道一切的無知，

的割草勞作，不以為意。惡料愈聽愈起疑，奔出門上去查看，近十人持電鋸正在砍樹，原蓊鬱面貌被除去泰半，目睹工人正在鋸一棵張臂舞動的廠形大樹，一棵隱身於綠雲之中從未被看見、被讚嘆的氣派大樹！樹體車轉然倒下，瞬蓉被截為數段，木屑揚起。這一切都在我憤然過問中同步進行⊘，地主稱種芽老人已逝，這一片地已售予建設公司將蓋大樓，所砍之樹自她⊘祖父時代已栽，是私有地上的樹，是她們家的樹。我目測那樹有百齡，苦苦相求留樹，對方只丟來五字：「沒辦法，整地。」眼睜睜地，看目睹那麼漂亮的大樹倒下。

享有源源不絕的同情，寬恕而不必付任何代價？

這一日，得知兩棵老樹的名字，烏心石。未完。群組上有人●搬出樹木保護自治條例，擬定究責步驟，更重要需保護剩下的半●座樹林。於是，聯合附近社區、寫陳情書、聯絡議員辦公室，相關單位：地政事務所、都發局、公園路燈管理處、議員辦公室主任、里長及社區居民會勘，敲定鑑界，結果揭曉：地主越界濫伐，被砍下之樹已達本市受保護樹木之標準」。

白紙黑字的公文回覆，只●說明一件事：公部門裡設有先知。一切看似積極回應、忙碌的作為，都是事發之後，都是給「遺憾」兩個字加個邊框。

這種無知的人自認為有權利去屠殺。殺人者的靈魂是盲目的；因此，沒有至為清澈的了解便沒有真正的善，也沒有真正的愛。」卡繆《瘟疫》寫道。

次日清晨，我拾階而上，被澎湃的樹香圍繞，那香氣是香水師無法調配的，被伐下的樹們集體散發出來在初秋爽的空氣中混和而成，淡樸而悠遠，如果百年歲月能換算成香味，就是這氣息。被截斷的樹體四處倒臥，身亡的景象觸目驚心。我默禱，感謝他們庇蔭我十七年，並為悲憤的情緒下願樹靈用自己的方式免費復仇。不管稱作盲目、無知或是邪惡，難道他們能免費

8

《微雲的樹林》在此低迷情緒下進行修訂、幾度罷筆，更難免有自我欲伐的怒氣貫串其間。原書八十九篇，今存六十二。除了四篇記人物、閱讀心得者歸併至《舊情復燃》外，其餘皆刪。

刪去的，就當作是送別兩棵百歲烏心石老樹，一個無用

㊣ 懊惱者捎去的紙錢吧。